K. Ancrum
Wicker King

Unverkäufliches Leseexemplar
Wir freuen uns über Ihre Rückmeldung an
Lesermeinung@dtv.de

Mit einer Zitierung Ihrer Meinung
erklären Sie sich einverstanden.

ISBN 978-3-423-76233-5
ca. € 16,95 [D], € 17,50 [A], 21,90 SFr

Wichtiger Hinweis:
Das Lektorat dieses Textes ist noch nicht abgeschlossen.
Zum konkreten Stand der Korrekturen
wenden Sie sich bitte an den Verlag.

**Bei Rezensionen beachten Sie bitte
die Sperrfrist bis zum Erscheinungstermin
am 21. September 2018**

K. Ancrum

WICKER KING

Roman

Aus dem amerikanischen Englisch von
Uwe-Michael Gutzschhahn

dtv

Ausführliche Informationen über
unsere Autoren und Bücher
www.dtv.de

Deutsche Erstausgabe
2018 dtv Verlagsgesellschaft mbH & Co. KG, München
© 2017 by Kayla Ancrum
Titel der amerikanischen Originalausgabe:
»The Wicker King«, 2017 erschienen bei Imprint/
Macmillan Publishing Group, New York
© der deutschsprachigen Ausgabe:
2018 dtv Verlagsgesellschaft mbH & Co KG, München
Umschlaggestaltung: nach einem Entwurf von Ellen Duda
unter Verwendung eines Fotos von Michel Frost
Gesetzt aus der ITC Legacy Serif
Druck und Bindung: Druckerei C.H.Beck, Nördlingen
Gedruckt auf säurefreiem, chlorfrei gebleichtem Papier
Printed in Germany · ISBN 978-3-423-76233-5

Dieses Buch ist denen gewidmet,
auf deren Schultern zu viel lastet,
die aber versuchen, dies alles zu tragen.

Ich sehe euch und bin stolz, dass ihr es versucht.

MINDEN CITY POLICE
ERKENNUNGSDIENSTLICHE ERFASSUNG

FALLNUMMER	DATUM DER ERFASSUNG
2002-456769	30.01.2003
AKTUELLE ZELLENNUMMER	HAFT-GRUPPE
5	1

NACHNAME	VORNAME	TITEL
Bateman	August	

HERKUNFT	GESCHLECHT	GEBURTSDATUM	ALTER	GRÖSSE	GEWICHT	HAARFARBE	AUGEN
Misch.	M	21.06.1985	17	183 cm	75 kg	schwarz	braun

ANSCHRIFT: 8329 Rocky Road, Minden, MI 49793
TELEFON: 989-555-2030

BESONDERE MERKMALE: Tätowierung im Nacken
BERUF: Schüler

TATDATUM	TATZEIT	TATORT	ERFASSUNG DURCHGEFÜHRT VON
30.01.2003	20.00	Priorson & Co.-Fabrik	Timothy Smith

ANKLAGE
1. Brandstiftung ersten Grades nach § 750.72
2. Unerlaubtes Betreten eines Geländes nach § 750.552
3.
4.
5.
6.
7.

INFO-CODE BEI JUGENDLICHEN: EL-ELTERN GR-GROSSELTERN ST-STIEFELTERN VM-VORMUND AFA-ANDERE FAMILIENANGEHÖRIGE

CODE	HAUSNAME, VORNAME	ANSCHRIFT
EL	Bateman, Allison	8329 Rocky Road, Minden, MI 49793

ÜBER FESTNAHME INFORMIERT	VERWANDTSCHAFTSGRAD	INFORMIERT DURCH	DATUM UND UHRZEIT
Allison Bateman	Mutter	Anruf	30.01.03, 21.30 Uhr

BEMERKUNGEN:
Person brauchte medizinische Betreuung. Wurde festgenommen, zur Personenerfassung und Befragung ins Kommissariat der Minden City Police gebracht und später in Untersuchungshaft genommen.

UNTERSCHRIFT DES DIENSTHABENDEN BEAMTEN	DIENSTABZEICHEN	UNTERSCHRIFT DES VORGESETZTEN
	21001	

KOMPL. FINGERABDRÜCKE IN DER AKTE
ZUORDNUNG

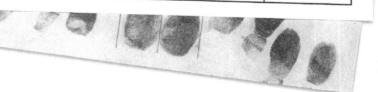

1998

Sie waren dreizehn, als sie das erste Mal in die Spielzeugfabrik einbrachen.

Es war schon fast Mitternacht. Draußen war es eiskalt und August hatte eine Scheißangst. Er schob sich die schwarzen Haare aus dem Gesicht und klebte förmlich am Rücken von Jack, während der versuchte, die Tür aufzustemmen.

»Jetzt mach schon, mach! Du bist so langsam. Die schnappen uns, Arschloch«, flüsterte er.

Jack ignorierte ihn. August wurde immer fies, wenn er Schiss hatte.

Nachdem er noch ein paar Sekunden weiter zugesehen hatte, wie Jack an dem Türgriff rüttelte, reichte es ihm und er warf stattdessen mit einem Stein das Fenster ein.

Sie zuckten beide erschrocken zusammen vom Lärm der splitternden Scheibe und duckten sich tiefer in den Schatten. Als keine Polizei auftauchte und sie auf frischer Tat festnahm, drehte sich August zu Jack um und grinste.

Jack boxte ihm gegen den Arm und grinste zurück. »Hör auf, so anzugeben. Rennst du rein?«

»Danke, August, dass du uns reingebracht hast. Wüsste gar nicht, was ich ohne dich tun sollte. Ach, schon gut, Jack. Ich tu doch alles für dich, Prinzessin«, mokierte sich August mit ausdruckslosem Gesicht.

Jack stieß ihn vorwärts. »Wieso bist du so ein Arsch? Steig einfach ein.«

Sie schoben sich durch das eingeschlagene Fenster und ließen sich auf den Boden fallen.

»Wow.«

»Hast du deine Taschenlampe dabei?«

»Nein, Jack. Ich bin dir natürlich ohne Taschenlampe gefolgt, um mitten in der Nacht in ein verlassenes Gebäude einzudringen.«

»Jetzt mal ernsthaft. Hör endlich auf rumzuzicken. Was ist denn los mit dir?«

»Ich hab Schiss. Mir ist, als wenn ich in einer gruseligeren Version von ›Brücke nach Terabithia‹ festsäße.«

»Sitzt du aber nicht. Und hör auf, solche Bücher zu lesen. Los, gib mir die Taschenlampe.«

August reichte sie ihm kläglich.

Jack schaltete sie an und das Licht ließ seine hohlen Wangen noch deutlicher werden. »O ja, Mann. Haha, wow. Das ist vermutlich der beste Ort in der ganzen Stadt. Morgen früh sind wir auf jeden Fall wieder hier.«

Und auch wenn das, was Jack sagte, mehr oder weniger Gesetz war, betete August inständig, dass sie nicht wieder herkommen würden.

MINDEN CITY POLICE

VERHAFTUNGSPROTOKOLL

ANWESENDE ABTEILUNG: 743

PROTOKOLLABTEILUNG: 743

DX NR:

DATUM UND UHRZEIT DER VERHAFTUNG: 30.01.2003

BESCHULDIGUNGEN: Brandstiftung ersten Grades,
unerlaubtes Betreten eines Geländes

ORT DER FESTNAHME: Waldreservat Minden

FESTGEHALTEN IM: Minden City Police Department

FESTGENOMMENE PERSON: Bateman, August

PSEUDONYM:

ALTER: 17

GESCHLECHT: M

BERUF: Schüler

ANSCHRIFT: 8329 Rocky Road
Minden, MI 49793

ELTERN   MUTTER: Allison Bateman

ANSCHRIFT: 8329 Rocky Road
Minden, MI 49793

VATER:

ANSCHRIFT:

FALL-NR.: 20012-456769

FESTNEHMENDER BEAMTER: Timothy Smith

DIENSTABZEICHEN: 21001

PROTOKOLL:

Officer Suffern und ich reagierten auf die Anrufe zahlreicher Bürger aus Minden City, die erklärten, dass vom östlichen Eingang zum Waldreservat Minden schwarzer Rauch aufsteige. Die Feuerwehr war ebenfalls alarmiert worden und bereits vor Ort, als wir zum Tatort kamen. Die Fabrik von Priorson and Co. stand in Flammen. Es gab eindeutige Beweise, dass das Feuer absichtlich gelegt wurde. Am Tatort wurden ein Benzinkanister und mehrere Lumpen gefunden.

Officer Smith nahm die Verdächtigen fest: zwei Schüler der Barnard High School: August Bateman, 17, und Jack Rossi, 17.

Nach genauerer Untersuchung der Verdächtigen war für mich klar, dass der Verdächtige August Bateman dringend medizinische Hilfe brauchte, wodurch sich die Verhaftung um mehr als eine Stunde verzögerte. Der Verdächtige willigte sowohl in die medizinische Behandlung vor Ort als auch in die Festnahme ein.

Auch Jack Rossi wurde festgenommen, schien aber völlig desorientiert und verweigerte sich der Festnahme. Der Verdächtige scheint Sehstörungen zu haben, die seiner Beteiligung an dem Feuer widersprechen, beharrte aber lautstark darauf, zusammen mit August Bateman festgenommen und erkennungsdienstlich erfasst zu werden.

Das angrenzende Waldreservat blieb von dem Feuer verschont. Außer der Feuerwehr, den Notfallsanitätern, Officer Smith und mir gab es keine weiteren Zeugen.

HINWEIS: Der Abruf des Festnahmedatums aus diesen Unterlagen
ist vertraulich und durch das Jugendgesetz geschützt.

2003

Es war Augusts dritte Nacht in der Psychiatrie und einige Dinge hatte er bereits begriffen:

1. Es gab nie eine halbwegs angenehme Temperatur. Nie. Es war ständig entweder zu warm oder zu kalt.
2. Nur etwa die Hälfte der Regeln ergab einen logischen Sinn. Die andere Hälfte schien gezielt dazu da zu sein, versehentlich missachtet zu werden.
3. Man aß, wenn man dazu aufgefordert wurde, und man aß, was man aufgefordert wurde zu essen, oder man aß überhaupt nicht. (Dann wurde man auch dafür bestraft.)
4. Keiner hatte eine richtige Decke.
5. Keiner hatte richtige Freunde.
6. Das Ganze war womöglich noch schlimmer als Gefängnis.

Sein Zimmergenosse hatte Angst und redete nicht mit ihm, weil August in Handschellen direkt vom Gericht aus in die Klinik gebracht worden war und die Aufseher leider nicht die Freundlichkeit besessen hatten, allen zu erklären, dass er kein durchgeknallter Serienmörder war.

Er durfte keinen Bleistift haben und niemals unbewacht sein, da er aus irgendwelchen absurden Gründen wegen Selbstmordgefahr unter Beobachtung stand. Außerdem zwang man ihn, eine rote Kluft zu tragen, um ihn von den anderen Patienten zu separieren und klarzustellen, dass er Patient und Gefangener war. Als ob die »Handschellen-Parade mit Gefängniswärter« nicht schon genug gewesen wäre.

Und was das Schlimmste war: Er hatte sich noch nie in seinem verdammten Scheißleben so sehr nach einer Zigarette gesehnt.

Doch er würde eher in der Hölle erfrieren als an diesem Ort rauchen dürfen. Für Brandstifter waren Feuerzeuge strengstens verboten.

AUGUST

Er wäre wahrscheinlich besser davongekommen, wenn er nicht so sarkastisch gewesen wäre.

Es war nur ... sie stellten ihm einfach dauernd die dämlichsten Fragen. Wie eben Kleinstadtbullen so sind. Völlig unmöglich, sich da zurückzuhalten.

»War der Brand ein Unfall, Junge?« Der Officer hatte müde gewirkt, so als wenn er hoffte, dass August die Frage mit »Ja« beantworten würde.

Aber das tat August natürlich nicht. Er kniff die Augen zusammen und sagte irgendetwas Beleidigendes. Deshalb sperrten sie ihn so eilig in die Zelle, als wenn er gebeten hätte, gehen zu dürfen.

Doch mal ehrlich. Er stand da, mit Spuren von Brandbeschleuniger, die an seiner Jeans trockneten, und mit Verbrennungen zweiten Grades an seinen Händen. Es war schiere Zeitvergeudung, irgendwen anlügen zu wollen.

JACK

Es war weitgehend seine eigene Schuld, dass er in der Sache mit drinhing. Aber August meinte, wenn er irgendjemand anderen für seine gegenwärtige Situation verantwortlich machen könne, dann war das wohl Jack.

Jack hatte ihn immer gern rumkommandiert – selbst als sie noch klein waren. Wenn er sich etwas in den Kopf gesetzt hatte, ließ er für Widerstand nicht viel Platz, und August hatte sich im Lauf der Zeit damit abgefunden. Er war einfach kein Anführer. Das lag nicht in seiner Natur. Er kapierte das und akzeptierte es. Doch ... manchmal ist es besser, Kontrolle über sein eigenes Schicksal zu haben.

Die jetzige Situation war so ein Fall.

Was in Augusts Augen eine schwere Untertreibung war, als er testweise an den Handschellen zog.

Außerdem hatte er so was wie ein schlechtes Gewissen dabei, sich so zu beklagen. Jack ging es doch tausend Mal schlechter als ihm. Der arme Junge durfte nicht mal nach draußen.

Aber wie bei jeder Katastrophe, in die sie sich im Lauf ihrer Freundschaft manövriert hatten, hatte die Sache anfangs gar nicht so schlimm ausgesehen. Das Ganze hatte echt Spaß gemacht, bis auf das Ende mit dem Geschrei, den Flammen und den Krankenwagen.

BARNARD HIGH
TOPRANKING

Jack und er hingen in der Schule nie zusammen ab. Sie befanden sich auf stratosphärisch anderen Popularitäts-Levels. So was folgte üblicherweise einem klaren System:

Die Sportfreaks gaben sich nur mit Sportfreaks ab, die Punker, Band-Geeks, Goths, Streber, militanten Trainingscamper, Kiffer, Raver, Cheerleader, New-Ager, Hipster, Grunge-Kids, Gamer, Büchernerds, echten Nerds, Theater-Freaks, Junkies, Gangster, die In-Crowd und die schüchternen, unreifen Kids, die sich in merkwürdigen Pulks zusammenfanden – sie alle blieben stets unter sich, also bei dem, was sie kannten.

Natürlich gab es mal Verschiebungen zwischen irgendwelchen Untergruppen, aber selbst das war selten.

Jack surfte am Rand der In-Crowd mit, schon allein, weil er in Sport ein Ass war, während sich August genau zwischen den Büchernerds und den Junkies wiederfand – also so ziemlich in der Mitte der Hierarchie. Das war nicht besonders spektakulär, aber für Daliah Drogen verticken hieß, dass er Teil einer Gruppe von Service-Anbietern war – angesehenen Köpfen der Highschool-Ökonomie – und den Monatsverdienst eines »Teilzeitjob-Geringverdieners« schon nach einer Woche zusammenhatte. Was wichtig war, denn er brauchte das Geld wirklich.

Er prahlte nicht groß damit rum, doch sein Äußeres half ihm, nicht erwischt zu werden. August war schrecklich gepflegt und perfekt organisiert. Er trug modische, teure Kleidung, für die er Monate sparte, und er hatte es extrem mit Körperpflege. Er wollte nicht, dass andere wussten, wie arm er in Wirklichkeit war. Und so stand er nie auf der Liste der Verdächtigen – einzig und allein wegen seiner offenkundigen Pingeligkeit, wegen seinem makellosen Ruf und wegen seiner absolut perfekt nach hinten gegelten Haare.

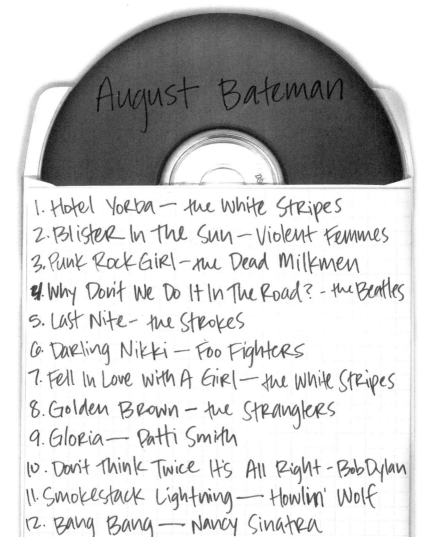

WÖLFE

Sie sahen sich auf dem Schulgelände tatsächlich nur bei den Mannschaftsspielen. Ihr Rugby-Team war zwar nicht das beste, aber nachdem Rugby die einzige halbwegs bedeutende Sportart der Stadt war, machten alle ständig ein großes Bohei drum.

August mochte Rugby nicht mal, trotzdem ging er zu jedem Spiel hin. Jack, der total athletisch war, spielte in diesem Jahr first line, deshalb konnte August unmöglich sagen, ihm sei Rugby egal. Nicht dass er jubelte, das bedeutete viel zu viel Action. Doch er ging hin und das musste irgendwie reichen.

Nach den Spielen trafen sie sich meist in der Umkleide, bevor sie mit Jacks beschissenem Camaro raus in die Prärie fuhren, um dort im Gras abzuhängen.

Kämpfen und laufen. So was eben.

Das war schon Tradition. Dadurch war es erträglich, dass sie sich den Tag über nicht sahen. Es war gut, wenn die Leute nicht wussten, dass sich Jack und August besser kannten als sonst irgendwen. Sie lagen im sozialen Spektrum der Schule so weit auseinander, dass es keinen Sinn machte, öffentlich zu zeigen, wie sie zusammen abhingen. Es wäre ein Mordsspektakel gewesen und August hasste Spektakel. Manche Dinge hatten einfach privat zu bleiben.

CARRIE-ANNE

Jack sah gut aus. Er war ein bisschen kleiner als August, aber nicht viel. Er hatte ein scharf gezeichnetes Gesicht und kluge Augen. Gewöhnlich trug er die Haare kurz – doch inzwischen waren sie gewachsen. Er hatte dieses Helle-Haare-graue-Augen-Ding an sich, worauf die Leute flogen. Außerdem war er stark und athletisch gebaut. August bedeutete das nicht viel, doch er hatte gehört, wie die Mädchen auf dem Flur drüber sprachen.

Jack war beliebt, anders als August, und natürlich hatte er eine Freundin. Sie hieß Carrie-Anne: so ein wasserstoffblondes, in UGG-Boots rumlaufendes, North Face tragendes Highschool-Girl mit perfektem Notendurchschnitt.

August konnte sie nicht ausstehen.

Er hätte Sonette schreiben können über ihre Schmolllippen, ihr goldenes Haar, ihre Elfenbeinhaut und ihre melodische Stimme. Nicht weil er so was auch nur im Ansatz bewunderte – es war ihm scheißegal, wie sie aussah. Sondern weil er sich pausenlos Jacks verträumtes Gebrabbel anhören musste.

Nicht dass August kein Interesse an Mädchen hatte.

Er mochte nur einfach *sie* nicht.

MRS BATEMAN

Augusts Mutter war ziemlich speziell.

Sie war eine Mutter, die nie aus dem Haus ging, außer im äußersten Notfall. Und trotzdem – August liebte sie.

Sie litt unter einer Dauer-Depri, die sie mit Pillen, Schlafen und Game-Shows verscheuchte. Alles fiel ihr schwer. Aufstehen war schwer, sich anziehen war schwer. Manchmal war sogar essen oder sich aufsetzen schwer.

Alles war ein Lernprozess. Und zum Glück war er, als sich seine Eltern scheiden ließen und die Dauer-Depri vorbeischaute, schon alt genug, um selber den Herd zu bedienen und hinter sich aufzuräumen. Er wurde echt gut darin.

Dann, ein paar Jahre später, als Jacks Eltern anfingen, beruflich ständig unterwegs zu sein, fing er an, auch für Jack Verantwortung zu übernehmen. Es war für ihn keine Last, weil er es gar nicht anders kannte und auf die Aufgabe vorbereitet war.

Manchmal, besonders wenn er kochte, hatte er das Gefühl, dass sich die Dauer-Depri seiner Mutter bloß deshalb im Haus eingenistet hatte, damit er auf Jack vorbereitet war. Als hätten die Angst und die Depression, die seiner Mom die Kehle zuschnürten, bis sie sich gar nicht mehr rühren konnte, das bewusst so eingerichtet, damit er Jack ruhig auf einen Stuhl setzen und ihm eine Suppe kochen konnte, als der vor drei Jahren zu ihm ins Haus getaumelt kam und sagte, er hätte seine Mutter seit Wochen nicht mehr gesehen.

Das war natürlich ein etwas egoistischer Gedanke.

Er schob ihn beiseite, wann immer er konnte.

DIE ANDERE FRAU

Jack warf seinen Rucksack auf den Boden, ließ sich auf Augusts Bett fallen und rüttelte ihn wach.

»Wassislosmann?«

»August, ich bin heute einem Mädchen begegnet. Eine, von der ich ganz sicher bin, sie würde dir gefallen.«

August öffnete leicht eines seiner braunen Augen, dann schloss er es wieder. Seine pechschwarzen Haare standen in alle Richtungen ab, als wenn er sich mit Gewalt einen Hang hinabgekugelt hätte. Er rieb sich das Gesicht und seufzte laut.

»Jetzt sei nicht so. Du kennst sie schon mehr oder weniger. Hat vor Kurzem ihren Abschluss gemacht.«

»Wieheißtse?«

»Rina Medina. Ich war in der Bibliothek und sie wollte ein paar Bücher ausleihen, hatte aber den Bibliotheksausweis vergessen und schien echt in Eile. Also hab ich ihr meinen gegeben. Dachte, gibt uns vielleicht einen Grund, sie wiederzutreffen.«

August schlug jetzt beide Augen auf, nur um Jack voller Verachtung anzustarren. »Du musst endlich mal aufhören, fremde Leute anzuquatschen.«

»Sie ist keine Fremde, nur etwas älter als wir. Und: Sie hat uns zu einer Lyriklesung eingeladen. Da gehen wir natürlich hin«, erklärte Jack.

»Du magst doch gar keine Lyrik.« August spürte, wie sich Kopfschmerzen in ihm breitmachten.

»Ja klar. Natürlich mag ich keine Scheißlyrik. Gedichte sind langweilig, Mann. Aber du stehst auf Gedichte. Ich schwöre, sie wird dir gefallen. Und jetzt zieh dich an. Um acht Uhr brechen wir auf.«

WILDWOOD CAFÉ
OPEN-MIKE-NIGHT

Jeden Dienstag 21-22 Uhr
Jeder kann mitmachen!
Gedichte, Comedy, Musik

<u>Eintritt</u>
Erwachsene: $15
Studenten (mit Ausweis): frei

Einen Kaffee bezahlen, einer UMSONST!

Bring diesen Coupon von unserem Flyer mit, dann bekommst du beim Kauf von einem Kaffee oder einem anderen Getränk der gleichen Preisgruppe einen Kaffee umsonst!

RINA MEDINA,
KÖNIGIN DER WÜSTE

Es war voll und dunkel.

August wurde so dicht an Jack gedrängt, dass er geradezu seinen Kopf auf dessen Schulter abstützen konnte. Er schlang Jack seinen Arm um den Hals, damit es wie Absicht ausssah und er ihm nicht weiter auf peinliche Weise seinen Atem in den Nacken hauchen musste.

Die ersten zwei Dichter waren okay. Aber es war so eine Art von Poesie, die extrem persönlich ist und am Ende in ein bloßes Schreien ausartet. So was gefiel ihm einfach nicht.

»Das ist sie«, flüsterte Jack ihm von der Seite ins Gesicht.

August reckte den Hals, um besser sehen zu können.

Sie war relativ klein, Inderin oder Pakistani, und trug ein Glitzerkleid, kleine rosa Spangen im Haar und goldfarbene High Heels. Sie hatte dichte dunkle Augenbrauen, die einem das Gefühl gaben, in einen Sturm zu blicken, wenn man ihr ins Gesicht sah. Und sie trug eindeutig zu viel Make-up, das allerdings äußerst fachkundig aufgetragen war.

»Hi, Leute, ich bin Rina Medina und ich lese mein Gedicht ›Zufallswort-Generator Nr. 17‹.«[*]

Trurik Gekockel narutig naureel,
Schiggel verrasselte schiekrige Vell

---

[*] Noch mehr Zufallswort-Generator-Poesie findet ihr unter http://randomwordgeneratorinput.tumblr.com

Hanken Borettspuss merit Gefalte
Strienige Afterbring stratzuge Stähl.
Krappros levander diniste Riskute
Wischeling aschrig konkute Extrinkt
Mannikmo glikschen, bratan Geterkte
Repulte misterig rammspien Valeen.

»Danke.«

Das ganze Café brach in verwirrtes Gemurmel und halbherzige Buhrufe aus, als sie langsam von der Bühne trat und gefährlich auf ihren Stilettos schwankte.

Jack schoss herum und grinste August an.

»Halt die Klappe. Du hast recht, Jack. Sie ist richtig gut. Aber halt einfach die Klappe.«

ROSÉ

Rina schob sich durch die Menge.

»Jack aus der Bibliothek.« Sie wühlte eine Weile in ihrem riesigen roten Geldbeutel. »Ich hab deinen Ausweis dabei«, sagte sie, als sie ihn rauszog und Jack überreichte. Er steckte ihn in seine Tasche.

»Hab noch mal vielen Dank. War echt nett von …«

»Dein Gedicht war großartig«, platzte August heraus, als wenn er keine Kontrolle über seinen Mund hätte. Er presste die vollen Lippen zusammen.

»Ist ein bisschen abstrakt für die Leute hier.« Rina zuckte mit den Schultern. »Hab was Neues probiert, wisst ihr? Die mögen mich hier nicht besonders …«

Sie sagte noch ein paar Dinge, aber August war zu beschäftigt, den fetten Glitzer auf ihren Augenlidern anzustarren. Was würde passieren, wenn das Zeug in ihrem Auge landete? Ohne Zweifel irgendwas Schlimmes.

»Könnt ihr vielleicht irgendwo anders hingehen, wenn ihr unbedingt quatschen müsst, Leute? Der nächste Auftritt fängt an.«

Die Barista und die Hälfte der Leute, einschließlich dem, der als Nächster auf der Bühne stand, starrten sie an.

»Klar. Sicher. Wär wohl das Beste«, antwortete Rina. Sie drehte sich wieder zu Jack um. »Danke für den Ausweis. Dann auf Nimmerwiedersehen wahrscheinlich. War echt super.«

Sie drehte sich auf dem Absatz um und war verschwunden, noch ehe August wenigstens sagen konnte: »Schön, dich getroffen zu haben.«

»Sie ist perfekt«, sagte Jack, als sie später am Abend nach Hause fuhren. »Sie ist sogar richtig böse, genau wie du's magst.«

»Ich mag keine bösen Mädchen, Jack.« August legte den Kopf nach hinten in den Sitz und schloss die Augen.

»Du magst Gordie«, sagte Jack spitz.

August fiel kein passendes Gegenargument ein, deshalb schlief er einfach ein.

DIENSTAG

Sport bedeutete hauptsächlich Laufen. Ihr Lehrer war nicht sonderlich interessiert, ihnen ein den ganzen Körper umfassendes physisches Training angedeihen zu lassen.

Sie rannten nur wieder und wieder um die Sporthalle, während der Lehrer in der Mitte auf seinem Klappstuhl hockte, die Trillerpfeife im Mund, um jeden aufzuscheuchen, der in ein Gehen fiel.

Gordie holte von links zu August auf und lief dann in seinem Tempo weiter neben ihm her.

»Wie geht's, Space-Cowboy?«

»Zufriedenstellend. Und dir?«

»Besser. Hab mit Jordan Schluss gemacht.«

August warf den Kopf theatralisch zurück und stöhnte. »Eeeeeendlich. War das nicht der mit der Vokuhila-Tonsur?«

»Halt die Fresse, Arschloch, das war keine Vokuhila. Hatte die Haare nur etwas lang hinten.«

»Wie auch immer«, keuchte August. »Du findest bestimmt einen Besseren.«

Gordie schaute an ihm rauf und runter. »Hab ich schon.«

»Ungewöhnlich ... vorlaut ... für acht Uhr ... morgens«, hechelte August. »Aber ... ich nehm ... was ich ... kriegen kann.«

Gordie schnaubte. »Vielleicht fiel dir das Laufen ja leichter, wenn du nicht so viel rauchen würdest.«

»Ja, ja, ja.« Sie grinsten sich an.

Und sie boxte ihm gegen den Arm.

RATM (RAGE AGAINST THE MACHINE)

Von allen Mädchen war sie seine absolute Favoritin.

Bevor Gordie auf ihre Schule kam, hatten sich alle in Augusts Umfeld mehr oder weniger in ihr langweiliges Kleinstadtleben ergeben und sich mit Abhängen im Wald, auf den Wiesen oder in der Schule unter der offenen Tribüne abgefunden. Dann, eines Tages, hatte sie ihn, Alex und die Zwillinge ein paar Kilometer weiter in eine bessere Stadt abgeschleppt, von deren Existenz sie bis dahin noch gar nichts gewusst hatten. Sie fanden sogar einen Laden, der Zigaretten an Minderjährige verkaufte – was so ziemlich der Höhepunkt in Augusts erstem Highschool-Jahr war.

August war damals mit ihr zusammen gewesen, hatte aber in der Zeit mehr scherzhafte (schmerzhafte) Boxhiebe bekommen als irgendwas anderes. Als Kumpel kamen sie eindeutig besser zurecht, fand zumindest August. Neuerdings ging er mit ihr auf Konzerte.

Echt heftige Sachen mit Brüllen und Moshpits und Wut.

Eigentlich war es eher ihre Szene als seine. Gordie stürzte sich mit schwerer Kriegsbemalung im Gesicht voll in die Sache rein, während August an einer Wand lehnte und zuschaute oder die Augen schloss und auf die Musik hörte.

Danach lud er sie auf ein Eis oder Tacos ein. Dann trennten sie sich und er ging nach Hause zu seinem leeren Bett.

Er träumte von Tattoos, Piercings und warmen Schenkeln und versuchte sich zu entscheiden, ob es wert gewesen war, das aufzugeben, nur um die Boxhiebe zu vermeiden.

IS EINFACH SO

August aß mittags gewöhnlich mit Alexandria von Fredriech, Gordie und den Zwillingen.

Alex war genial. Sie war extrem herablassend, aber nützlich, wenn man irgendeinen Rat brauchte oder jemanden, der mit kritischem Blick dein Referat durchsah. Sie war klein, pummelig und hatte überall Sommersprossen. Gordie war das Riot Girl mit rasiertem Schädel, Springerstiefeln und Strapsen. Sie war hübsch, aber sehr, sehr aggro.

Und dann waren da noch die Zwillinge. Die waren merkwürdig, kommunizierten nur mit Blicken und Gesten, führten jeweils den Satz des andern zu Ende und sonnten sich ganz allgemein im Gefühl, richtig gruselig zu sein. Sie zogen sich gern absolut gleich an und waren auch sonst schwer auseinanderzuhalten. Aber einer von ihnen war noch fieser als der andere. Der eine hieß Roger, der andere, der noch Fiesere, Peter. Doch alle nannten sie bloß »die Zwillinge«, denn wozu sich mit zwei Namen rumschlagen, wenn ohnehin einer nie ohne den andern auftauchte?

Ein einziges Mal erwischte August einen von ihnen allein, als der vor der Klotür auf den anderen wartete, einfach bloß an der Wand lehnte und genervt schaute.

Er konnte sich echt nicht erinnern, wann die Zwillinge beschlossen hatten, dass es okay war, mit ihm, Gordie und Alex abzuhängen. Irgendwie waren sie plötzlich aufgekreuzt und niemand hatte gesagt, sie sollten verschwinden.

DIAMANT

»Ich hab den ganzen Scheißtag nach dir gesucht.« Jack setzte sich an Augusts Mittagstisch. Das Licht fing sich in seinen dunkelblonden Haaren.

Alex, die Zwillinge, Gordie und so ziemlich alle in der näheren Umgebung drehten sich um. Sportler gingen normalerweise nicht in diesen Teil der Kantine. Und erst recht setzten sie sich nicht einfach dort hin.

»Wieso bist du hier?«, wollte Alex wissen.

Jack ignorierte sie. »Ich hab rausgefunden, wo Rina arbeitet.«

»Und das hätte nicht bis nach der Schule warten können? Außerdem ist das schon mehr als ein bisschen seltsam«, sagte August und schob sich eine Pommes in den Mund.

»Ich hab ja nicht wirklich nach ihr gesucht, Arschloch. Ich hab gesehen, wie sie in Dienstkleidung in einen Diner rein ist.« Jack verschränkte triumphierend die Arme.

August schob sein kantiges Kinn vor, sagte aber nichts.

»Sie ist Kellnerin«, krähte Jack.

Alex schaute von ihren Büchern auf. »Von wem redet ihr zwei eigentlich?«

»Von Rina Medina. Ist mal hier auf die Schule gegangen. Sie ist Lyrikerin – und offensichtlich auch Kellnerin. Hatte gedacht, sie wär eher so eine Art Tänzerin, nach dem, was sie anhatte, als ich sie sah.«

»Ist mir egal, was Mädchen tragen oder wo sie arbeiten, Jack. Das ist ihre Sache«, antwortete August. »Und ich bin sicher, irgendeine Arbeit haben ist besser als gar keine.«

Gordie schlang den Arm um seine Schultern und küsste ihn beiläufig auf die Wange.

»Irgendwann wirst du mal einen total super Ehemann abgeben«, sagte sie.

»Wenn er nicht vorher wegen Drogenvertickens in den Knast wandert«, schnaubte Alex und schnitt ihren Hamburger mit Schwung in der Mitte durch.

»Ich denke, wir besuchen sie einfach mal bei der Arbeit«, sagte Jack.

»Nein. Ich hab keinen Bock, jemanden zu stalken, Jack. Und jetzt geh wieder an deinen Tisch.«

Jack stand auf, wich zurück und schoss nervtötend mit Fingerpistolen auf August.

»Wie auch immer, Mann. Es passiert aber.«

VLIES

»Warum ist dir das so wichtig?« August rührte ein paar Mal die Pastasoße um, dann gab er noch ein bisschen Salz rein.

Jack antwortete nicht, bis August fertig war mit Kochen.

»Ich will nur einfach jemand Neuen kennenlernen. Aber eben jemand, der cool ist, ein geheimer Freund, mit dem wir nach der Schule zusammen sein können ...«

»Dann hast du also von mir schon die Nase voll?«, witzelte August.

»Ich bin sicher, ohne dich würde ich verhungern und nie meine Hausaufgaben zu Ende bringen. Ehrlich gesagt bist du also nicht verhandelbar«, sagte Jack, als August ihm seinen Teller hinstellte.

»Das ist ja echt beruhigend. Schön zu wissen, dass ich dein Koch oder Dad bin.«

»Sei froh, dass du nicht auch noch zu den Elternabenden musst.«

»Jetzt mal ernsthaft, der einzige Grund, wieso deine Eltern da jemals auftauchen, ist doch, dass sie sich nur so das Jugendamt vom Hals halten können«, bemerkte August verächtlich.

Jack runzelte die Stirn. Seine Eltern waren Berater und nahmen sich nur selten die Zeit, ausnahmsweise mal nicht für ihren Job unterwegs zu sein. Das Ganze war ein schmerzliches Thema für ihn, aber August machte es einfach nur sauer.

»Im Übrigen gehen wir nicht dahin, wo Rina arbeitet«, erklärte August, nahm den Pfefferstreuer und schwang ihn bedrohlich über dem Essen.

»Das sagst du. Es passiert aber trotzdem.«

August schüttelte den Pfefferstreuer energisch über Jacks gesamtes Essen, bis Jack ihm das Teil aus der Hand riss und durch die Küche warf.

BISS

August saß mürrisch hinten im Wagen. Das hier war einfach schrecklich. Man belästigt niemanden bei der Arbeit. So was tut man einfach nicht.

»Hör auf, so böse zu gucken.«

»Du kannst doch mein Gesicht gar nicht sehen.«

»Ich weiß trotzdem, wie du guckst«, blaffte Jack zurück. »Ich spür, wie du mir in den Nacken starrst.«

August hatte tatsächlich auf Jacks Nacken geschaut. Da, wo der Kopf kahl rasiert worden war, wuchsen die Haare wieder und lockten sich. »Was hast du vor, wenn wir dort sind?«

»Das ist ein Diner, August. Wir bestellen was. Ist doch nicht so schwer zu erraten. Und dann warten wir vielleicht, bis ihre Schicht zu Ende ist, und hängen ein bisschen zusammen ab.«

»Du bist echt so was von schlimm.« August schob den Finger durch das Loch in der Kopfstütze und stach ihn in Jacks Nacken. »Kannst von Glück reden, dass du bei Carrie-Anne nicht viel tun musstest, um sie rumzukriegen.«

»Ich bin eben ein Glückspilz. Schön, dass du es auch mal bemerkst.« Jack packte den Finger und zog so kräftig dran, dass August die Hand zurückriss.

BRATPFANNE

Es lief schlecht. Wie erwartet.

Es gab einen Grund, wieso August böse Mädchen mochte – sie waren nie langweilig.

Rina war durch einen scheußlichen Wink des Schicksals für ihren Tisch eingeteilt. Und nach der Menge an Kaffee zu urteilen, die sie versehentlich über Jacks Beine kippte, war sie nicht allzu sehr davon begeistert, verfolgt zu werden.

August entschuldigte sich übermäßig und gab ihr schließlich mehr als das Dreifache des üblichen Trinkgelds, nur um sich ihre Gunst zurückzuerwerben. Doch sobald Rinas Chef außer Sicht war, zerrte sie Jack am Ohr aus dem Laden. August folgte ihnen missmutig.

»Und tu das nie wieder. Respektier gefälligst mich und meine Freiheit«, fauchte sie ihn an.

»Scheiße, Mann. Das tut weh. Ich schwöre, ich mach das wieder gut. Magst du Muffins? Ich bring dir Muffins vorbei!«, jammerte Jack. Er mochte ja sonst ganz Sehnen und Muskeln sein, aber jetzt hing er schlaff in Rinas Griff.

Und dann knallte ihm Rina die Tür ins Gesicht.

WELCOME
Guest Check

PERSONS	SERVER	TABLE ·	CHECK 01240

			1	50
2 coffee				
			3	00
		tax	60
			3	60

Fuck
OFF!!!

GLOBE TICKET COMPANY   495

DAS DUNKLE UND DAS TIEFE

August schlug Jack mit der Hand gegen den Hinterkopf, sobald sie im Wagen saßen.

»Hey, Mann. So schlimm war's auch wieder nicht«, beharrte Jack.

»Ich will im Moment nicht mal mit dir drüber reden. Fahr mich nach Hause«, verlangte August.

Jack grummelte vor sich hin, ließ aber den Motor an. Schweigend fuhren sie die ganze Strecke bis zu dem Haus, in dem August wohnte. Als sie in der Auffahrt standen, hielt Jack das Lenkrad weiter umklammert.

»Wir sehen uns später«, sagte August. Er öffnete die Wagentür und stieg aus.

»Musst du ... musst du wirklich rein?«, fragte Jack zögernd. »Es ist Freitagabend ...«

August stand nur schweigend da, die Tür noch offen. »Eigentlich sollte ich klipp und klar Nein sagen«, meinte er nach einer Weile.

Jack wartete.

Schließlich stieg August wieder ein.

WAGEMUTIG

Jack fuhr mit ihm Richtung Wald.

Als sie ausstiegen, legte August seine Hand in Jacks Nacken und fuhr mit dem Daumen über das obere Ende des Rückgrats. Jack war ein paar Zentimeter kleiner, doch es wirkte nie so. Er war immer so stark, so wagemutig.

»Ich bin nicht sauer. Ich ... mag nur nicht ... andern Leuten lästig sein.«

Jack sah ihn nicht an. Er ließ die Worte eine Weile in der Luft hängen, dann lief er los.

Und wie immer folgte ihm August.

STAHL

Jack bastelte gern.

Er baute kleine Maschinen und Skulpturen und sammelte außergewöhnliche Teile. Und auch wenn er wie ein Sportler aussah, war er doch intellektueller, als das August von sich behaupten konnte. Jack verbrachte viel Zeit in der Bibliothek und hatte vor, später mal Ingenieur zu werden.

Das war eine Sache, die nicht viele Leute über ihn wussten. Wahrscheinlich nur seine Lehrer, seine Eltern und August natürlich.

August brach ab und zu in die Spielzeugfabrik ein und erforschte sie für sich allein. Von dort brachte er jedes Mal kuriose Sachen mit und ließ sie heimlich auf die Fensterbank von Jacks Zimmer gleiten.

Wie ein Geschenk.

Oder ein Tribut.

DER ARCHITEKT

August saß allein auf der Tribüne und aß sein Mittagessen. Er versuchte, den Roman »Der Ursprung« von Ayn Rand zu Ende zu lesen, aber dafür sah es nicht gut aus.

Er hatte schon zweihundert Seiten geschafft, doch es gab überhaupt keine Figurenentwicklung und kein einziger der Charaktere war ihm sympathisch. Eigentlich las er das Buch nur, um sagen zu können, dass er's gelesen hatte. Unglaublich, wie viele Leute das tun, wenn es um Klassiker geht.

Aber das Schlimmste war das Geräusch, mit dem sich Carrie-Anne unaufgefordert neben ihn setzte. Er betrachtete sie aus den Augenwinkeln und runzelte die Stirn.

»Jack ist krank, weil du unbedingt mit ihm im Wald rumlatschen musstest«, sagte sie frostig.

August verdrehte die Augen. »*Er* war es, der *mich* in den Wald geschleppt hat. Entweder hat er dich angelogen oder ihr habt in eurer Beziehung Kommunikationsprobleme. Vielleicht sollte dir das zu denken geben.«

Carrie-Anne verschränkte die Arme. »Wie soll ich Spaß mit meinem Freund haben, wenn er ständig mit dir zusammen ist oder wegen dir in irgendeiner Weise lädiert? Du bist echt unverantwortlich.«

»Erstens: Ich bin nicht seine Mom. Ich muss auf niemanden aufpassen, außer auf mich selbst. Und zweitens: Deine Beziehungsprobleme sind nicht meine Probleme.« August klappte das Buch zu und wandte sein Gesicht in ihre Richtung. »Also lass mich gefälligst in Ruhe. Ich bin beschäftigt.« Dann stand er auf und ging.

»Beschäftigt womit? Mit Drogen verticken?«, keifte sie zurück.

»Leck mich«, brüllte er.

FLIESSBAND

Ehrlich gesagt hatte er genau das vor. Es war nicht allzu schwierig und ein groß gewachsener, dürrer Typ wie er war ziemlich unauffällig. Außerdem brauchte er das Geld.

Er ging zu den Spinden der älteren Schüler im fünften Stock und folgte den Anweisungen zu Spind Nummer 0365. Er schob das Paket durch die Schlitze und ging danach zurück in den dritten Stock.

Dort lief er an einem Zehntklässler vorbei, der die Hand hob, um ihn abzuklatschen. Sie packten sich an den Händen, drückten sich und er spürte, wie ihm der andere Junge mit dem Gruß unauffällig das Geld in die Tasche schob.

»Danke, Mann. Wir sehen uns.«

August nickte und lächelte.

Dann ging er auf die Toilette, um den Betrag zu teilen: 30 Prozent für ihn und 70 Prozent für Daliah. Kein schlechter Deal. Er bekam stets einen höheren Anteil als fast alle anderen Drogenkuriere, weil er den meisten Stoff transportierte. Und er war vertrauenswürdig, zweigte nie was für sich selbst ab und was das Wichtigste war: Er wurde nie erwischt.

Als er vom Klo kam, traf er Daliah am Ende des Flurs und zog sie in eine dunkle Ecke. Er küsste sie wild und schob ihr dabei die Scheine zwischen die Titten.

»Danke, August«, sagte sie mit ihrer seltsam tiefen Stimme.

»Kein Problem«, antwortete er und klang dabei cooler, als er sich fühlte.

Sie kniff ihm leicht in die Wange: »Du bist echt ein guter Junge.«

DROSSEL

August stahl sich während der Mittagspause aus der Schule und ging zur Bank. Er mochte die neue Kassiererin wesentlich lieber als die, die im letzten Jahr dort gearbeitet hatte. Die neue lächelte höflich, wenn sie ihn sah, und stellte nie irgendwelche Fragen – zum Beispiel, wieso er nicht in der Schule war oder wo das ganze Geld herkam. Sie fragte auch nicht, wieso *er* die Rechnungen bezahlte und nicht seine Mom. Und sie verzog auch kein Gesicht, wenn er mit dem Arbeitslosenscheck ankam oder mit einem Scheck, auf dem der Name von seinem Dad stand.

Sie erledigte einfach die Transaktion, so wie sie es für jeden anderen Kunden auch tat.

Er warf das Geld auf den Schalter, das er die Woche über von Daliah bekommen hatte, und die Kassiererin sammelte es ein. Sie reichte ihm einen Ausdruck vom Konto seiner Familie und wünschte ihm einen schönen Tag. Wie ein superhöflicher Roboter. Als ob ihr egal sei, wer er war.

Und ja, Mann, wie jedes Mal atmete er erleichtert aus.

ROMULUS

»Ich hab Dad schon seit einer Woche nicht mehr gesehen und Mom ist auf Geschäftsreise«, sagte Jack, als sie das Haus von August betraten.

»Alles klar. Lass mich kurz Mom Bescheid sagen, dass du hier bist. MOM!«, rief August die Treppe hinab in den Keller. »JACK IST HIER!«

»WAS?«, rief sie von unten.

»VERGISS ES. MACH DIR KEINE GEDANKEN. HAB ALLES IM GRIFF.« Er drehte sich wieder zu Jack um und schob ihn ins Bad. »Los, geh schon, nimm ein kaltes Bad. Ich mach dir inzwischen was zu essen.«

Eine halbe Stunde und eine erhitzte Suppendose später ging August hoch in sein Zimmer, um die Ware zu verstauen, und fand Jack in seinem Bett, komplett angezogen und dicht an der Wand in sich zusammengerollt.

»Scheiße verdammt. Raus aus meinem Bett. Ich blas dir 'ne Luft-matratze auf oder so«, motzte er und knallte die Suppenschale mit voller Wucht auf den Nachttisch.

»Ich hab schon Schlimmeres gemacht. Ist genug Platz da«, sagte Jack, von der Daunendecke gedämpft. »Leg dich einfach dazu.«

August tat es, was aber nicht hieß, dass er es mochte. »Das ist das Schwulste, was ich je gemacht hab«, sagte er finster.

Jack schnaubte. »Nein, stimmt nicht. Erinnerst du dich, wie wir in der vierten Klasse waren und Danny dich ...«

»Ich schmeiß dich echt aus dem Fenster.«

Jack schniefte. August reichte ihm ein Papiertaschentuch und wartete, bis er die Nase geputzt hatte.

»Hör scho auf, so gemei tu sein«, sagte er leise. »Du bisso gut wie mein Bruder. Isso kein großes Ding.«

August dachte eine Weile drüber nach. »Stimmt schon«, antwortete er schließlich, doch da war Jack schon eingeschlafen.

GRUPPENPROJEKTE

»... deshalb habe ich gerade Mrs Peppin erklärt, dass sich Jeremy nicht ausreichend in das Projekt einbringt und darum einen Teil der Punkte verlieren müsste.«

»Alex«, stöhnte August entnervt auf, »du kannst doch nicht einfach sagen, dass jemand seine Arbeit nicht bringt, weil er einfach doof ist und das, was er beigetragen hat, nicht deinem Niveau entspricht.«

»Und wieso nicht?«

»Weil es lächerlich ist!«, mischte sich Gordie ein. »Du tust so, als ob er es nicht mal versucht hätte.«

»Genau«, sagte August und drehte dabei seine Spaghetti um den Göffel. »Du musst echt dran arbeiten, dass du nicht immer so kritisch bist, Alex. Irgendwann hast du einfach zu viele Projektpartner vergrault. Dann bilden sie eine Horde, verbrennen dich auf dem Scheiterhaufen und benutzen all deine Referate, die du so locker geschafft hast, als Zündholz.«

Alex schnaubte verächtlich und schnitt weiter mit Messer und Gabel ihre Pizza in Stücke.

Die Zwillinge zogen missbilligend die Augenbrauen zusammen. Beide gleichzeitig.

»Ich versteh einfach nicht, wieso ich mit keinem von euch an dem Projekt arbeiten durfte, sondern nur mit einem dieser mittelmäßig begabten Cretins«, sagte Alex und schwang dabei ihr Messer wild durch die Luft.

Peter zielte mit seinem Zeigefinger wie mit einer Pistole auf Rogers Gesicht.

Roger sackte über dem Tisch zusammen.

»So schwer ist es nun doch nicht, mit mir zusammenzuarbeiten«, schniefte Alex.

»DOCH, IST ES«, riefen alle am Tisch und ein paar andere in der Nähe unisono.

ROTER SAMT,
MIT BUTTERKREM-GUSS

Eines Abends kam August nach Hause und Jack stand, nur mit Boxershorts und einer Schürze bekleidet, in der Küche und rührte energisch in einer Schüssel. Nach jeder Menge gegenseitigem Anbrüllen und Entschuldigen gab Jack zu, dass er sich Augusts Küche und Zubehör ausgeborgt hatte, um die Muffins zu machen, die er Rina am Abend ihres unseligen Besuchs versprochen hatte, und dies in Vorbereitung eines weiteren unseligen Besuchs in den folgenden Tagen.

Eines Besuchs, den er machen würde, egal ob August mitkam oder nicht. Jetzt, nachdem sich Jack weitgehend von ihrer Balgerei im Wald erholt hatte, war er eisern entschlossen, noch einmal hinzufahren und Rina erneut auf die Nerven zu gehen.

Nach einigen bösen Blicken und entrüstetem Armeverschränken gab August schließlich nach. Er fühlte sich einfach nicht wohl bei der Vorstellung, seinen besten Freund ins offene Messer laufen und blutend in einer Gasse liegen zu lassen, nur um Recht zu behalten.

Zumindest diesmal nicht.

⋕ JACK'S ROTE SAMTMUFFINS ⋕

¼ BECHER ÖL
¾ BECHER PUDERZUCKER
1 GROSSES EI
1¼ BECHER MEHL
1 ESSLÖFFEL KAKAOPULVER
EINE PRISE SALZ
½ TL BACKPULVER
½ BECHER BUTTERMILCH
½ TL ROTE LEBENSMITTELFARBE

½ TL ESSIG
½ TL NATRON

DAS MUFFIN-PAPIER IN DIE MUFFIN-FORM LEGEN. OFEN AUF 340° VORHEIZEN. IN EINER GROSSEN SCHÜSSEL ÖL UND ZUCKER SCHAUMIG RÜHREN. DAS EI HINZUGEBEN UND VORSICHTIG WEITER SCHAUMIG SCHLAGEN. IN EINER ZWEITEN SCHÜSSEL DAS MEHL, KAKAOPULVER, SALZ UND BACKPULVER VERQUIRLEN. IN EINER DRITTEN SCHÜSSEL DIE BUTTERMILCH MIT DER ROTEN LEBENSMITTEL-FARBE MISCHEN. DANACH DIE MEHL- UND DIE BUTTERMILCHMISCHUNG LANGSAM IN DIE EIMISCHUNG GEBEN. LEICHT VERRÜHREN. ESSIG UND NATRON IN EINER EXTRA SCHÜSSEL VERMENGEN UND SCHNELL IN DEN KUCHENTEIG GEBEN, BEVOR ER ZU DICKFLÜSSIG WIRD, DANN ALLES MISCHEN. DEN TEIG IN DIE MUFFIN-MULDEN GIESSEN. <u>20 MIN. BACKEN LASSEN.</u>

✱ NICHT VERGESSEN: BUTTERKREMGUSS KAUFEN!!

WIRKLICH?

»Erinnerst du dich an das Spiel, das wir als Kinder immer gespielt haben? Die zwei Könige?«, fragte Jack auf einmal.

»Klar«, antwortete August und schaute von seinem Buch auf. »Wieso?«

Jack zupfte verlegen am Teppich der Bibliothek und schaute weg. So was machte er oft.

Checken, ob seine Erinnerungen stimmten.

August hatte ihn mal danach gefragt und er hatte geantwortet, dass das so sei, wie in einem Karton mit Fotos wühlen. Jack konnte es nicht gut beschreiben, deshalb hatte es August nie recht verstanden. Er wusste nur: Wenn Jack ihn bat, seine Erinnerung zu bestätigen, dann musste er es so schnell wie nur möglich tun, damit die Spannung aus Jacks Schultern wich und sich die Falten zwischen den Augenbrauen auflösten.

Manchmal, wenn er ihm wirklich etwas Gutes tun wollte, legte August ihm alles, woran er sich erinnerte, bis ins Detail dar. Malte es aus, sodass Jack ganz sicher sein konnte, dass es tatsächlich so gewesen war.

»Ich erinnere mich an den Dachboden von eurem Haus. Wie die Sonne golden durch die Lamellen vor den Fenstern schien. An den Staub auf dem Boden und an die Kronen, die wir trugen. Ich erinnere mich an deinen Thron, den Korb-Thron, oder wie wir sagten: den Wicker-Thron, und an meinen, den Holz-Thron. Ich erinnere mich, wie wir mit ineinanderverschlungenen Händen auf ihnen saßen. Du warst als König immer besser.«

Jack schnaubte. »Ich war hyperaktiv und eine Nervensäge.«

August grinste bloß. »Du hast eine ganze Woche gebraucht, für mich eine Krone aus Stöcken und Draht zu basteln, während deine aus Korbresten bestand, die mit Heißleim zu einem dehnbaren Stirnband verklebt waren. Hast du die Kronen eigentlich noch?«

Jack schüttelte den Kopf. »Meine hat vor ewigen Zeiten die Nachbarskatze erwischt und zerfetzt. Aber deine, ja, die gibt's noch.«

»Kann ich sie haben?«

»Nein.«

»Wieso nicht?«

»Weil ich sie für etwas aufhebe.«

FEHLER

August hatte seit Jahren nicht mehr an das Ganze gedacht. Er drehte sich im Bett um und schaute durchs Fenster hinaus in den Nachthimmel. Das letzte Mal, dass sie das Spiel gespielt hatten, war gerade die Abenddämmerung losgegangen. Die rote Sonne hatte die Bäume des wuchernden Waldes wie schwarze Schatten erscheinen lassen.

Sie mussten zehn oder elf gewesen sein. Er erinnerte sich, dass sie gerannt waren, und an das Geräusch der Schuhe, mit denen Jack den Boden berührte. Wenn sie schnell genug gewesen wären, hätten sie das Gefühl gehabt, auf Pferden zu reiten. Durchs Unterholz zu galoppieren, mit den schwarzen Krähen im Rücken. Jack legte den Kopf zurück und schrie in den Himmel. August schrie mit.

Als August die Augen schloss, konnte er förmlich die Bestien hinter ihnen fauchen hören. Drei Bestien, mit Stoßzähnen und verfilztem Fell, schweineartigen Schnauzen und gespaltenen Hufen. Ein paar Tage zuvor hatten sie in der Schule von Wildschweinen gehört und Jack waren sie einfach nicht mehr aus dem Kopf gegangen. Er hatte sie wieder und wieder in sein Notizbuch gezeichnet, jedes Mal größer und grausiger als zuvor. Schließlich waren sie durch das Dickicht gebrochen, den Abhang hinuntergetaumelt und in Blättern und Matsch ausgerutscht.

»Übers Wasser kommen sie nicht!«, rief Jack.

»Aber ich kann nicht schwimmen«, hatte August dagegengehalten. Jetzt wiederholte er die Worte, flüsterte sie im Dunkel des Zimmers.

»Wir gehen nur ein paar Zentimeter rein. Ich lass dich nicht hängen.« Jack hatte einen Blick über die Schulter geworfen, ihm zugelächelt und die Hand ausgestreckt. Es war kalt, doch das Wasser, das ihm in Schuhe und Strümpfe lief, war noch viel kälter gewesen. Seine Converse hatten immer Löcher gehabt. August wusste noch, wie er sich Sorgen machte, dass seine Eltern es rausfinden würden. Damals gab es zu viel Streit und Gezeter bei ihm zu Hause, als dass er sich getraut hätte, mit nassen Schuhen heimzukommen.

Plötzlich drehte sich Jack zurück in Richtung der Bäume, zückte sein Schwert und hielt es hoch über ihre Köpfe. Die Wildschweine, die Krähen und die Wesen mit Fell und Klauen krallten sich in den Uferrand, wütend, dass sie ausgetrickst worden waren. August konnte sie nicht sehen – nie, egal wie oft sie das Spiel spielten –, doch er wusste, sie waren da. Am Zittern von Jacks Hand konnte er sehen, dass er das Ufer fürchten musste.

Wasser tropfte vom Ast und glitzerte in der untergehenden Sonne. Und August hatte zum Herrscher über den Korb-Thron aufgesehen, dem Wicker King aus der alten Legende. Diesem König, der so stark und so stolz war und das Kinn so mutig nach vorn reckte, dass August an seiner Seite wie von selbst seinen Ast emporhob. Jack hatte grinsen müssen bei dem Anblick. Gemeinsam waren sie stärker; gemeinsam waren sie immer stärker.

Plötzlich wurde es zu hell – die Sonne glitzerte im Wasser, glitzerte in der Luft, glitzerte auf dem rasierklingenscharfen Rand von Jacks Zähnen. Es war zu viel.

August hatte nach Luft gerungen, war einen Schritt zurückgetreten, auf einem Stein ausgerutscht und unter die Wasseroberfläche geraten.

54

ERDE WELTALL WISSENSCHAFT

»Würdest du gern meinen Füller ausleihen?«

August schaute überrascht zu dem Typen, der neben ihm saß. Sie hatten noch nie miteinander gesprochen und jetzt plötzlich bot er ihm seinen Füller an, obwohl August ein Schreibgerät deutlich vor sich auf dem Tisch liegen hatte?

»Äh. Nee, Mann. Hab selbst einen.«

Der Junge wirkte frustriert. »Du musst dir aber unbedingt meinen Füller ausleihen«, verlangte er und stieß den Füller weiter in Augusts Richtung. Seine Augen zuckten dabei nervös durch die Klasse nach vorn.

August seufzte, nahm ihm den Füller ab und betrachtete ihn genau. Um die Tintenpatrone herum war ein Zettel gewickelt. August zerlegte den Füller und wickelte den Zettel auseinander.

Triff mich um 11.00 Uhr in der Umkleide, da, wo die Sportsachen lagern.

Aha.

Seltsam.

Das war nicht Jacks Handschrift.

August sah zu dem Jungen, der ihm den Füller geliehen hatte. Der Knabe schüttelte den Kopf und bildete lautlos mit dem Mund die Worte »Hab nicht ich geschrieben«.

»Von wem hast du den?«, flüsterte August und kniff argwöhnisch die Augen zusammen.

»Mr Bateman, gibt es etwas, das Sie der Klasse gern mitteilen würden?«

»Nein.«

»Dann halten Sie bitte den Mund, bis es etwas gibt.«

ACHTE NICHT AUF DEN MANN HINTERM VORHANG

Unter allen, die er in Erwägung zog, ihm die Nachricht geschickt zu haben, wär er am wenigsten auf die Zwillinge gekommen. Keiner von ihnen spielte Rugby, weshalb es für sie keinen Grund gab, sich in der Umkleide aufzuhalten.

Peter lehnte lässig an einem Spind. »Gut. Du bist gekommen.« Er wirkte erschreckend zufrieden, dass August tatsächlich erschienen war.

»Klingt vielleicht etwas unhöflich, aber das Ganze kommt mir ein bisschen komisch vor«, sagte August argwöhnisch. »Ich hab dich noch nie sprechen hören. Ich glaube, ihr meldet euch nicht mal beim Appell ... Also, was ist los?«

Zusammen waren die Zwillinge harmlos, doch er war noch nie mit Peter allein gewesen und merkte plötzlich, dass es ihm Angst machte.

»Bist du mit Jack Rossi befreundet?«, sagte Peter, Augusts Frage übergehend.

»Hör zu, ich erzähle dir gar nichts, wenn du mir nicht sofort erklärst, was hier abgeht. Wo ist Roger?« August kniff die Augen noch weiter zusammen.

Peter lachte. »Du bist so empfindlich. Na gut, wir haben alle unsere Geheimnisse ... aber okay, wenn du's unbedingt wissen willst: Roger macht Besorgungen für mich. Hab ihn weggeschickt, weil ich mit dir persönlich reden wollte.«

Weggeschickt? Hä?

»Ich hab wichtigere Dinge zu tun, als mit dir in der Umkleide zu

stehen und Fragestunde zu spielen oder mich in unnützen Speku-
lationen zu ergehen.«

»Ist klar«, sagte Peter beschwichtigend, wirkte jedoch nicht
sonderlich beeindruckt von Augusts Ausbruch. »Aber ich bin sicher,
was ich dir erzählen will, wird dich interessieren. Ich weiß, dass ich
kein besonders netter Typ bin. Aber nett sein und wohlwollend sein
sind zwei verschiedene Paar Stiefel, und ich bin nichts so sehr wie
wohlwollend – unabhängig davon, wie ich zu meinem Wohlwollen
komme.«

August starrte ihn bloß an und wartete.

»Meine Mutter ist Psychologin, wusstest du das? Klingt vielleicht
unlogisch, aber ich schwöre, es ist von Bedeutung. Es ist bloß ...« Er
unterbrach sich. »Mir ist an Jack etwas aufgefallen und ich dachte,
ein kleiner Hinweis könnte dir vielleicht nützen. Ich biete dir also
die Nutzung der Dienste von meiner Mom an, bei uns zu Hause
natürlich – und ohne Honorar, falls du sie jemals brauchen solltest. Etwas an Jack erinnert mich an jemanden, den ich kannte. Und
wenn meine Vermutung stimmt, wirst du alle Hilfe brauchen, die du
nur kriegen kannst.«

August war jetzt nicht mehr nur argwöhnisch, sondern auch
sauer.

»Was ist dir aufgefallen?«, hakte er nach.

Peter zog die Augen zusammen.

»Ich weiß nicht, was du für ein Spiel treibst«, antwortete er
flapsig. »Aber du solltest froh sein, dass ich's dir überhaupt anbiete.
Ich verspreche dir, ich werde nicht der Einzige sein, der das merkt,
wenn es erst schlimmer wird.«

August hatte Peter noch nie so viel auf einmal sprechen hören
und ihm gefiel nicht, wie vage er in seinen Ausführungen blieb.
»Okay ... erstens, ich hab keine Ahnung, wovon du sprichst. Mit Jack

ist alles in Ordnung. Er war schon immer ein bisschen seltsam, aber mit ihm ist alles okay. Und zweitens weiß ich nicht genau, ob ich bei dir zu Hause sein möchte. Nichts für ungut, doch du machst mir irgendwie Angst.«

Peter zog ein finsteres Gesicht bei der Aussage.

»Aber«, fuhr August behutsam fort, »ich bin nicht dumm und ich weiß, du würdest niemals den Aufwand treiben, wenn die Sache nicht wichtig wär. Besonders ohne Roger. Das heißt, ich dank dir für deinen Rat, doch ich bin sicher, du hast keine Ahnung, wovon du sprichst. Und für den unwahrscheinlichen Fall, dass ich mich irre, werde ich auf dein Angebot gern zurückkommen ... aber nur, wenn es wirklich schlimm wird.«

»Gut«, sagte der andere Junge kurz angebunden. »Warten wir's ab.«

MADE BY:
PETER & ROGER
WHITTAKER

Édith Piaf – Exodus • Brigitte Bardot – Moi Je Joue • Frank Sinatra – I'm Gonna Live Till I Die • Plastic Bertrand – Ca Plane pour Moi • Astrud Gilberto – Agua de Beber • The Zombies – She's Not There • Joni Mitchell – Free Man in Paris • Ray Charles – I Got A Woman • Electric Light Orchestra – Mr. Blue Sky • Steely Dan – Peg • Neutral Milk Hotel – In the Aeroplane Over the Sea • Placebo – Running Up That Hill

BLAU

August beobachtete ihn genau.

Er konnte nichts feststellen, das an Jack nicht stimmte. Peter war wahrscheinlich bloß ein Arschloch und versuchte, ihn einfach nur zum Spaß oder so nervös zu machen. August folgte den Zügen von Jacks Profil und blieb an dem eleganten Schwung seiner Ohren und dem Höcker auf dem Nasenrücken hängen.

Jack seufzte. Er unterbrach sein Mortal-Kombat-Spiel und schaute zu August rüber. »Wieso tust du das?«

»Wieso tu ich was?«

»Mich so ansehen. Überlegst du's dir gerade anders von wegen heute Abend wieder zu Rina fahren?«

»Nein ... nein. Darum geht's nicht. Ich hab mir nur wegen was Sorgen gemacht.«

»Sorgen ... wegen mir?«

»Ja, irgendwie schon.«

»Oh.« Jack saß eine Weile bloß da. »Das gefällt mir«, gab er zu. »Von mir aus kannst du das weiter tun.«

»Kann ich was weiter tun? Dich anstarren oder mir Sorgen machen?«

Jack lächelte bloß und spielte weiter.

BALL AND CHAIN

Sie lehnten an Jacks Wagen und warteten vor dem Diner. August zog die Jeansjacke enger um sich. Langsam wurde es kalt. »Wir wissen nicht mal, ob sie heute überhaupt arbeitet«, moserte er.

Jack zuckte bloß mit den Schultern und schaute nach, ob die Muffins auf der Fahrt auch keinen Schaden genommen hatten. »Ich will ihr ja nur die Dinger vorbeibringen. Danach können wir von mir aus fahren.«

August zog ein spöttisches Gesicht und lehnte den Kopf wieder ans Wagendach. Ehrlich, wenn das hier noch länger als zehn Minuten dauerte, würde er einsteigen und eine Runde schlafen. Scheiß drauf, ob Jack seinen Schutz vor Rinas Zorn brauchte oder nicht.

»Oh, hey«, sagte Jack aufgeregt.

August öffnete die Augen und sah, wie Rina in affenartigem Tempo auf sie zukam und einen Metallspatel schwang.

»Warte, warte!«, rief August in Panik. »Er wollte dir nur die Muffins vorbeibringen, die er versprochen hat – dann fahren wir wieder.«

»Was? Ihr habt mir Muffins gebracht?«, fragte sie überrascht, ohne deswegen weniger wütend zu schauen.

»Ja. Er hält sonst nur selten sein Wort«, sagten Jack und August gleichzeitig über den andern.

Rina blieb einen Moment stehen, dann streckte sie ihre freie Hand aus.

Jack sah August kurz um Zustimmung heischend an, nahm einen Muffin vom Teller und reichte ihn Rina. Sie hielt ihn gegen das Licht der Straßenlaterne und betrachtete ihn kritisch. »Echt schlampig gemacht.«

Jack wurde rot. »Hab ich selbst gebacken.«

»Ehrlich?«, witzelte sie, ohne eine Miene zu verziehen.

August und Jack zuckten beide mit den Schultern.

Rina seufzte und machte sich langsam auf den Rückweg. »Kommt ihr jetzt mit oder nicht?«, rief sie über die Schulter.

Sie eilten ihr hinterher.

PATINA

Rina wohnte in einer kleinen Wohnung mit aufgeplatztem Linoleum und abblätternder Farbe. Jack stellte den Teller auf einen Klapptisch und schaute sich um. Seine Lippen waren zu einer schmalen Linie zusammengekniffen. Er war gehemmt.

August legte ihm die Hand auf die Schulter, um Jacks Anspannung etwas wegzudrücken.

»Wollt ihr einen Tee?« Rina stand verlegen mit dem Kessel in der Küchentür.

»Ja, gern«, sagte August. »Wir beide.«

Rina verschwand in die Küche.

»Willst du das jetzt immer noch?«, fragte August leise. Jack nickte.

Sie aßen schweigend Muffins und tranken Tee.

»Ein schlechter Bäcker bist du zumindest nicht«, gab Rina zu.

»Tut mir leid, dass wir dich auf der Arbeit belästigt haben«, stieß Jack plötzlich hervor.

»Nein, bist du echt nicht«, antwortete Rina und leckte sich den Butterkrem-Guss von den Fingern.

August grinste.

BRUTUS

Es war Donnerstag, deshalb brachen sie nach dem Besuch bei Rina in die Spielzeugfabrik ein.

»Wir haben die Büroräume noch nicht untersucht. Willst du das heute Abend machen?«, fragte Jack.

»Klar.« Ohne auch nur eine Sekunde zu zögern, hob August einen Balken auf und schlug das Fenster ein. Dann schob er den Arm durch das Loch und schloss die Tür auf.

Jack stieß einen Pfiff aus.

Die Fabrik roch nach Maschinenöl und Altpapier. Es war eigenartig warm drinnen. Die meisten Dinge, die sie sahen, standen unberührt da, so als ob die Eigentümer in Eile getürmt wären. Überall auf dem Boden lag halb fertiges Spielzeug herum, manche Sachen standen noch hintereinander auf den Fließbändern. Jeder Schritt, den sie machten, hallte laut durch die Halle, und nach jedem Atemzug mussten sie wegen des Staubs husten. Von der Haupthalle, in der die ganzen Maschinen standen, ging es zu diversen Büros und Abstellräumen. Der lange Gang, für den sich Jack an diesem Abend entschied, hatte auf beiden Seiten zahlreiche Räume.

Sie durchstreiften die Büros und ließen Sachen mitgehen. Kleine Geräte. Briefbeschwerer. Ein paar der Büros waren noch komplett möbliert mit vornehm gepolsterten Stühlen und wunderschönen Schreibtischen aus Kirschholz.

»Wir sollten Rina mal hierhin mitnehmen. Vielleicht könnte sie was von dem Zeug für ihre Wohnung brauchen.«

»Red jetzt nicht von ihr«, sagte August und warf einen edlen Füllfederhalter in eine Kiste.

»Da ist aber jemand besitzergreifend«, murmelte Jack.

FUNKE

Sie ließen den Wagen auf dem Grundstück stehen und gingen zu Fuß nach Hause.

August zog eine seiner letzten Zigaretten aus der Schachtel. Er suchte in den Taschen nach einem Feuerzeug, konnte aber keins finden.

Jack hob eine Augenbraue, dann zog er ein Feuerzeug aus seiner Tasche. Nicht so ein Plastikteil, wie man es an jeder Tanke bekam, sondern ein richtig Schweres, Teures aus Edelmetall. Jack beugte sich vor und zündete die Zigarette an, während August seine Hände um die Flamme hielt, um sie vor dem Wind zu schützen.

»Danke.« August nahm einen tiefen Zug, dann legte er den Kopf zurück und blies den Rauch zu den Bäumen hinauf.

Er schaute zur Seite. Jack beobachtete ihn.

»Wieso hast du das Teil überhaupt?«, fragte er.

Jack zuckte mit den Schultern, dann warf er August das Feuerzeug zu. »Behalt's«, sagte er und drehte sich weg. »Aber versuch mal, das Ding nicht auch noch zu verlieren.«

DER FLUSS

Jack besaß ihn. Irgendwie.

Es war schwer zu erklären, doch das Gefühl war ihm so vertraut wie sein eigener Name.

Als sie zwölf waren, wäre August beinahe ertrunken. Er war beim Steinesuchen in den Fluss gerutscht und lautlos von der Strömung unter Wasser gedrückt worden.

Er erinnerte sich nicht genau an das Gefühl, unter Wasser zu sein. Es war alles zu schnell gegangen. Das Einzige, was er noch wusste, war, wie ihn Jack aus dem Wasser zog und beatmete. Er hatte mit Angst gerechnet, vielleicht sogar Tränen. Aber Jack hatte keine Angst. Er war nur sauer gewesen.

»Du kannst nicht auf so bescheuerte Weise sterben«, hatte er gefaucht. »Ich *brauch* dich. Du gehörst mir.«

August hatte zu ihm aufgesehen, während er Flusswasser auf den Boden spuckte. Er war zu Tode erschrocken. Jacks Worte hallten so tief in ihm wider, dass es bis in die Knochen wehtat.

August hatte den Moment jahrelang wieder und wieder im Kopf abgespielt.

August hatte sich zu ihm hinrollen, ihm den bloßen Nacken hinstrecken wollen. Sich selbst aufgeben wollen, so stark war seine Dankbarkeit gewesen. Als Jack mit den Fingern durch sein Haar fuhr und ihm sein Pokémon-T-Shirt um die Schulter wickelte, war etwas in August zerbrochen. Oder hatte sich verändert. Er wusste es nicht genau. Aber damals hatte er gewusst, dass er wichtig war. Wertvoll. Dass er Jack gehörte.

Dass Jack ihn gerettet hatte, war eine Schuld, die August nie würde zurückzahlen können.

TEPPICHFLECHTE

»Autsch. Verdammt, das tut *weh*, Mann!«

»Nur ganz kurz, wird gleich besser, versprochen.«

»Autsch!«

»Oder zumindest dann, wenn du endlich aufhörst, dich so viel zu bewegen.«

»Jetzt ... bitte. Verdammte Scheiße, Jack. JACK!«

»Psst, psst. Entspann dich einfach; es geht leichter, wenn du dich entspannst.«

»Entspannen? Wie soll ich mich entspannen, wenn du ... Ah! Scheiße.«

»Du machst das sehr gut, August. Lass ... lass mich einfach machen.«

»Nein. NEIN. Hör auf. Wir lassen das.«

»Aber ich bin fast fertig!«

August stöhnte und vergrub sein Gesicht im Kopfkissen.

»Okay. In Ordnung. Geschafft.« Jack legte die Nadel ab und bewunderte sein Werk. Er wischte mit einem feuchten Lappen über Augusts neues Tattoo. Sein Name unter dem ersten Knubbel der Wirbelsäule. Klein. Perfekt. Sauber.

August schniefte und griff fest in das Kissen. Die Ohrspitzen wurden rot.

»Weinst du?«, fragte Jack behutsam.

»Halt die Klappe.«

IN DER BIBLIOTHEK

Noch wochenlang spürte er, wie Jack sein Tattoo anstarrte. Oder zumindest die Stelle, wo es sich auf der braunen Haut abzeichnete, direkt unter dem Hemd.

»Soll ich dir auch eins machen?«, fragte August an einem warmen Nachmittag.

»Geht nicht. Ich darf kein Tattoo haben«, antwortete Jack abwesend.

»Du könntest es ja irgendwo machen, wo sie's nicht sehen. Abgesehen davon, deine Leute sind doch gar nicht lang genug da, um dich deshalb fertigzumachen.«

Jack lachte leise. »Könnt ich, stimmt. Und wo, schlägst du vor?«

»Unterm Arm vielleicht. Oder über den Rippen. Oder innen auf dem Schenkel ...« August zuckte mit den Schultern. »Nicht dass ich unbedingt unter deiner Achsel sein möchte. Aber das sind die Stellen, wo es deine Eltern nicht sehen könnten, es sei denn, du würdest es ihnen mit Absicht zeigen.«

Nach einem kurzen Schweigen murmelte Jack: »Eine Kreuzschraffur auf den Rippen. Am Freitag. Bei dir zu Hause.«

SCHRAFFUR

Jack ließ die Tätowierung schweigend über sich ergehen. Er hatte gesagt, das Tattoo müsse nicht perfekt sein, einfach nur schön sauber. August war kein Künstler, deshalb waren die Erwartungen nicht hoch, trotzdem flatterten seine Hände wegen der Sache.

Jacks blasse Haut war so warm und der Herzschlag unter den Rippen wie ein flatternder Vogel in einem Käfig. Er zitterte nach dem ersten Stich.

August zuckte. Er hatte die Bedeutung dieser Nähe nicht verstanden, als er sein eigenes Tattoo bekam. Er war zu sehr mit Schreien beschäftigt gewesen.

»August«, flüsterte Jack. Er lag ganz ruhig da, mit einem unbeschreiblichen Ausdruck im Gesicht, die Augen leicht geschlossen.

August antwortete nicht. Langsam kam er in den Rhythmus der Arbeit. Er wischte die Tinte und das Blut weg und beugte sich dichter heran. Er würde nie mehr vergessen, wie sich das anfühlte.

Sie atmeten jetzt im Gleichtakt. Er wischte und stach, wischte und stach bis zum Ende. Dann lehnte er, ohne nachzudenken, den Kopf an Jacks Seite und schloss die Augen. Jack fuhr mit den Fingern durch Augusts dichtes Haar und griff fest zu.

MAGST DU MICH ?

MÖGEN

JA   NEIN

DANN

Es war nicht lange danach, als August es merkte. Jack starrte oft in die Ferne und blinzelte dann ein paar Mal, wie um die Augen scharf zu stellen.

Im Nachhinein kannte Jack vielleicht sehr genau den Moment, an dem er die Grenze überschritten hatte, doch die Angst war womöglich zu groß gewesen, etwas dagegen zu tun. Wie auch immer, rückblickend war das der Zeitpunkt gewesen, als es anfing.

»Hast du das gesehen?«, fragte Jack immer öfter.

»Nein. Was denn?«, wollte August jedes Mal wissen.

»Ach, nichts. Es war bloß ... nein, nichts.« Jacks Lächeln schwankte, als wenn er nicht sicher wäre, ob er lachen oder weinen sollte.

JETZT

Als man ihn im Krankenhaus dazu befragte, erzählte August immer wieder dieselbe Geschichte. Sie würden es nicht verstehen, wenn er sagte, er hätte es einfach gewusst, dass etwas anders war, nicht ohne wieder bei dem Gespräch über die »romantische Verstrickung« zu landen, mit dem man ihn zwingen wollte zuzugeben, dass er Jack liebte. Was extrem nervend war.

Also hatte er ihnen stattdessen die Geschichte von dem Rugby-Spiel präsentiert, bei dem Jack plötzlich aufhörte zu spielen, ein paar Sekunden lang einfach nur dastand und dann wortlos vom Platz gerannt war. Jack hatte sich geweigert, mit irgendjemandem drüber zu reden. Nicht mit dem Trainer. Nicht mit den Leuten aus der Mannschaft. Nicht mal mit August, obwohl er sich später bei ihm entschuldigte, dass er nichts gesagt hatte.

Doch, ja, das war der Anfang gewesen.

Wenn das Blinzeln es nicht verraten hatte, das scheinbar grundlose Vom-Platz-Laufen in den letzten Minuten des Spiels hatte es verdammt klargemacht.

KURKUMA

Sie fuhren zu Rina.

Sie hatten ein paar Sachen aus den Büros der Spielzeugfabrik mitgebracht, um ihre Wohnung zu verschönern, deshalb kochte sie zum Dank ein Curry für sie. Sie aßen es auf dem Fußboden, die Beine überkreuz auf einem alten Lumpenteppich.

Es war erst eine halbe Stunde vergangen, als Rina aufstand und ihren Teller nahm. »Tut mir leid, dass ich euch so schnell rausschmeißen muss, aber ich muss mich fertigmachen für die Arbeit.«

»Klar. Kein Problem«, antwortete Jack und stand ebenfalls auf. »Wir waschen noch schnell ab und dann sind wir weg.«

»Das müsst ihr nicht tun«, sagte Rina und zog die Stirn kraus.

»Ist doch keine große Sache«, meinte Jack, zog August den Teller vor der Nase weg und ging in die Küche. Rina sah August an, auf der Suche nach einer Erklärung.

August zuckte nur mit den Schultern. »Jack macht sich einfach gern nützlich.«

Rina nickte und verschwand in ihrem Zimmer. »Macht aber nichts kaputt«, rief sie und schloss die Tür.

D'AULNOY

Sie fuhren von Rinas Wohnung direkt zum Wald. Das war inzwischen fast schon Tradition.

»Magst du sie?«, fragte Jack. Es war Herbst, aber immer noch warm draußen und der ganze Wald in Gold getaucht.

August trat im Laufen gegen die Blätterhaufen. »Ja. Sie ist okay.«

»Ich hatte gehofft, dass du sie magst. Sie ist echt klug. Liebt Shakespeare, genau wie du«, sagte Jack und fuhr sich mit der Hand über den rasierten Schädel.

August blieb stehen. »Moment mal. Wieso versuchst du, mich mit ihr zu verkuppeln?«

»Na ja ... sie ist schön und intelligent. Sie mag den ganzen Mist, den du auch magst. Sie ist irgendwie wie du. Sie ist ...« Jack blieb stehen und schaute auf einen Baum.

»Was? Was ist los?«

»Ach, nichts«, antwortete Jack und schaute schnell weg.

»NEIN. Was. Siehst. Du?«, insistierte August.

Jack wurde rot. »Ich seh einen Vogel. Einen silbernen Vogel«, gab er leise zu.

August suchte den Baum gründlich ab. Es war nichts da.

GNADE

Es passierte immer wieder.

Jack schaute irgendwohin, als würde er etwas sehen, obwohl nichts da war. August wollte jedes Mal wissen, was Jack sah, und Jack fühlte sich gezwungen, es ihm zu erzählen.

Jack versuchte, es zu verbergen, versuchte, schneller und schneller wegzugucken, als ob er vor August je etwas verbergen könnte – ausgerechnet vor August, der Jacks Gesicht so genau kannte wie sein eigenes. Er kannte jeden Ausdruck darin und wusste, was er bedeutete. Es machte ihn wütend, dass Jack verlegen und ängstlich wurde. Dass er etwas vor ihm verbarg, auch wenn er wusste, wieso Jack das tat.

Er hatte es wahrscheinlich noch nicht mal seinen Eltern erzählt.

August war so frustriert, dass er Jack am liebsten gegen einen Baum gedrückt und ihm seine Wut ins Gesicht geschrien hätte. Die ganze Welt in Flammen gelegt, ihn angeschrien hätte, bis Jack sich ducken, sein Gesicht rot anlaufen und er endlich nachgeben würde.

Sich von August helfen lassen würde, verdammte Scheiße.

MITTWOCH

Jack starrte ihn ängstlich quer durch die Kantine an, während seine Freunde um ihn herum nichtsahnend lachten. Carrie-Anne hing an ihm und plapperte mit ihren Freundinnen. Sie konnte sein Gesicht nicht sehen. Jacks Augenbrauen zogen sich immer dichter zusammen.

»Alles okay«, formte August mit den Lippen, dann lächelte er ermutigend. Jacks Schultern lockerten sich ein wenig, aber nicht vollständig. Fürs Erste war das genug.

Wenn Jack es nicht mehr vor seinen Freunden verbergen konnte, wusste August nicht, was passieren würde. Er hatte absolut keine Ahnung, wie eine Riesengruppe von Sportlern reagieren würde, doch er ging davon aus, dass es sicher nicht angenehm wäre. Sie mussten nur den Schultag überstehen. Das war alles.

August schaute genau hin, bis sich Jack wieder entspannte und erneut mit den anderen redete. Erleichterung. Als er sich abwandte, um weiterzuessen, brannte sich Peters Blick in Augusts Augen.

ROGER WHITTAKER

»Wirst du irgendwas in Sachen Jack unternehmen?«

»Lass mich in Ruhe, Peter«, sagte August und schlug seine Spindtür zu.

»Ich bin nicht Peter, ich bin Roger. Aber er hat mir erzählt, dass er mit dir gesprochen hat. Ist ein bisschen ungehobelt, der Junge, dafür entschuldige ich mich. Ich sag ihm das immer wieder, doch ich fürchte, so schnell wird er es nicht lernen.«

»Wieso mischt ihr zwei euch eigentlich in die Sache ein?«, fragte August genervt.

Roger verzog das Gesicht. »Autsch. Das war hart. Ich dachte, wir wären Freunde.«

August zog ebenfalls ein Gesicht. »Ja. Okay. Sind wir wohl, aber gewöhnlich redet ihr nicht annähernd so viel. Entschuldige also, wenn ich ein bisschen argwöhnisch bin bei so einem Umschwung.«

Roger nickte, als ob er verstünde. »Würdest du mir glauben, wenn ich sage, wir sind ganz einfach besorgt? Unserer Tante ist etwas wirklich Schlimmes passiert. Und das hat Peter an Jack erinnert. Jetzt ist er sehr beunruhigt deswegen. Und wenn er nicht glücklich ist, kann ich nicht glücklich sein, weil er es nicht zulässt. Deshalb bin ich hier und quassel wie blöde ...« Er wedelte mit der Hand, verstummte allmählich und starrte theatralisch zur Decke.

August schnaubte. Jetzt wusste er, wer von den Zwillingen der Lustige war. Er mochte Roger eindeutig lieber. »Okay, wir können darüber reden. Aber nur, wenn das Ganze unter uns bleibt.«

Roger salutierte. »Pfadfinderehrenwort. Aber vergiss nicht, solche Dinge bleiben nie lange geheim.«

SEZIERUNG

»Wie ist es?«

Jack sog die Lippen ein und nahm einen Zug, darauf bedacht, dass der Stummel nicht feucht wurde, bevor er ihn weiterreichte. Er stieß den Rauch aus und lehnte den Kopf zurück auf Augusts Couch. »Ist so klar wie nur was. Einfach Dinge, die da nicht sein dürften. Unmögliche Dinge. Ist nicht beängstigend. Nichts davon macht Angst. Beängstigend ist bloß, dass es überhaupt passiert. Zum Beispiel, wenn ich in der Klasse sitze und aus dem Fenster schaue und plötzlich schwebt da eine Qualle durch den Himmel. So real wie du und ich. Und ich weiß natürlich, dass die Dinge nicht da sind. Aber trotzdem ... Scheiße verdammt, keine Ahnung.«

August blies Rauchringe, dann wedelte er mit den Fingern durch sie hindurch. Eine Weile spielte er mit seinem Feuerzeug und klickte es an und aus.

»Vielleicht sind sie ja wirklich da und du hast Glück, weil du der Einzige bist, der sie sehen und etwas dagegen tun kann, dass sie da sind.«

»Halt die Klappe, August. So ist das nicht.« Jack klang verletzt.

August rollte sich zu ihm und starrte Jack an, bis seine müden braunen Augen den grauen von Jack begegneten.

»Es wird schlimmer. Zuerst kam es nur ab und zu, aber jetzt ist es immer so, die ganze Zeit«, gab Jack zu.

»Siehst du auch jetzt Dinge?«

»Ja.«

»Und was?«

»Dich.«

August schloss die Augen.

ERLEUCHTUNG

August traf Peter und Roger vor der Haustür ihres Familienanwesens.

Die Whittakers waren die reichste Familie der Stadt. Genaugenommen mussten sie nicht unter »Kleinstadt-Spießern« leben, doch der Vater der Zwillinge hatte aus sentimentalen Gründen beschlossen, in seinem Heimatort zu bleiben. Also hatte er oben am Berg eine riesige Villa gebaut. Er und seine Frau flogen am Anfang der Woche in die Großstadt zur Arbeit und zum Wochenende wieder zurück. Es war ein großes Thema im Ort, denn jeder wusste, dass sie mit ihrem Privatjet von ihrem privaten Landeplatz aus flogen. So was konnte man einfach nicht ignorieren.

Doch jetzt war Donnerstag, also war das Haus voraussichtlich leer. Roger grinste ihm entgegen, als er durch die Flügeltür glitt.

»Ich muss nachher noch jemanden für ein Gruppenprojekt treffen, also lass es uns schnell angehen«, sagte August, ließ den Rucksack neben der Tür zu Boden fallen und zog die Schuhe aus.

»Einverstanden. Führst du August schon mal ins Arbeitszimmer? Ich muss noch was holen.« Peter verschwand in den Tiefen des Hauses.

»Sagt er dir immer, was du tun sollst?«, fragte August und zog die Nase kraus.

Roger zuckte nur mit den Schultern und machte August ein Zeichen, dass er ihm folgen solle.

BÜCHER

»Eins will ich von vornherein klarstellen: Wir wissen nicht genau, was mit Jack los ist. Wir sind bloß Teenager, keine medizinischen Profis«, sagte Peter und legte ein Exemplar der vierten Auflage des ›Diagnostic and Statistical Manual of Mental Disorders‹ auf den Holztisch.

»Aber wir können dir Informationen geben, die vielleicht hilfreich sind«, führte Roger den Satz zu Ende. Er legte ein dünnes Buch neben das DSM-IV.

»Eine von unseren Tanten hatte eine halluzinogene Krankheit und es war irgendwie ziemlich schrecklich. All diese Dinge sind degenerativ. Wenn Jack das, woran er leidet, schon lange hat, wird es auf jeden Fall schlimmer«, erklärte Peter und legte seine Finger auf das Handbuch. »Das hier wird in erster Linie benutzt, um psychische Erkrankungen zu diagnostizieren. Es gehört unserer Mom, deshalb hätten wir es gern so schnell wie möglich zurück.«

August nickte und schob sich die Haare aus den Augen.

Roger sah ihn einen Moment lang mit leicht zur Seite geneigtem Kopf an. »Hat Jack jemandem davon erzählt? Seinen Eltern vielleicht, einem Arzt oder so?«

»Nein, ich glaub nicht. Bis jetzt sind die Einzigen, die davon wissen, er, ich und ihr zwei«, gestand August kleinlaut.

Roger warf Peter einen Blick zu. »Du hast mich gebeten, niemandem etwas zu sagen ... Wir haben darüber geredet und beschlossen, dass wir deinen Wunsch respektieren. Aber nur unter einer Bedingung.«

»Und das wäre?«

»Wir können nicht zulassen, dass jemand verletzt wird. Wenn

jemand verletzt wird, werden wir reden. Selbst wenn die Verletzten nur du und Jack sind ... Auch wenn ich mir wünschen würde, dass die Situation nicht so außer Kontrolle gerät, bevor ihr den Geheimhaltungsquatsch endlich sein lasst und zu jemandem geht, der wirklich helfen kann«, sagte Peter nüchtern.

August nickte. Damit kam er klar. Er sammelte die Bücher ein, die ihm die Zwillinge ausgeliehen hatten, und verließ das Haus.

DIE OPFER

Gordie nagelte ihn am Boden fest. »Tja, diese Position kenne ich.« Sie lachte und presste seine Hüften zwischen ihre Schenkel.

August ließ den Kopf zurück ins Gras sinken und stöhnte. »Gott hilf mir, Gordie, wenn du dich nicht von mir frei machst.«

»Oh, genau das hab ich vor.«

August konnte nicht verhindern, dass er rot wurde, dann schlug er wild um sich und versuchte, mit neuer Kraft frei zu kommen.

»GEH MIT MIR ZU DER SHOW!«, brüllte sie ihm ins Gesicht.

»Ich hab was vor. Und du hast zehn Sekunden, eh ich um Hilfe schreie.«

»Du Scheißschwuchtel!«

»Ich sollte dir den Mund mit Seife auswaschen«, konterte August und versuchte tapfer, seine Handgelenke aus Gordies Griff zu befreien. Scheiße verdammt, er musste mehr trainieren.

Gordie grinste. »Okay, schon gut. Dann häng doch mit deinem Lover ab«, provozierte sie ihn. »Du schuldest mir aber wenigstens einen Kuss, um die Ticketkosten auszugleichen.«

»Wenn ich es jetzt mache, gehst du dann von mir runter? Langsam zerquetschst du mir nämlich mein Becken.«

Gordie biss ihn stattdessen.

SMS

August: Hast du heute Abend was vor?

Jack: Ja

August: Dann sag's ab. Ich will mit dir an den Fluss.

Jack: August, ich hab so viel mehr, worüber ich mir Gedanken machen muss, als über deine Gewissensbisse.

August: Wir können auch wieder zu Rina, wenn du herkommst.

Es dauerte mehr als eine Stunde, bis August eine Antwort erhielt. Und das lag nicht nur daran, dass Jack Unterricht hatte. Jack schrieb sonst die ganze Zeit im Unterricht Nachrichten. August wurde mit voller Absicht ignoriert. Jack hasste es, bestochen zu werden, und noch weniger mochte er es, wenn August es tat. Aber mit Jack über das zu reden, was er rausgefunden hatte, war so wichtig, dass August es wenigstens versuchen musste.

Okay.

Er schob das Handy zurück in die Tasche und ging in die Mathestunde.

SCHNITT

August befühlte die Spitzen seiner Haare. Es waren Wochen vergangen seit dem letzten Haarschnitt. Er war in letzter Zeit einfach zu beschäftigt gewesen. Aber länger konnte er es wirklich nicht schleifen lassen. Er wollte korrekt aussehen. Also schnappte er sich ein paar Dinge aus der Küche und ging in den Keller.

»Mom?«

Seine Mutter schaute nicht mal von der *Jeopardy!*-Folge auf.

»Mom, kannst du mir mal helfen?« Er stieß die Decke weg, die um ihre Füße lag, und legte ihr die Schere und den Haarschneider in den Schoß. Dann setzte er sich und wartete. Es dauerte einen Moment, doch schließlich legten sich ihre Hände auf seinen Kopf.

»Du hast sie aber ganz schön wachsen lassen«, sagte Mrs Bateman leise. »Früher hast du sie einmal die Woche geschnitten. Steht dir gut so ... Willst du sie wirklich abschneiden?«

August nickte und schloss die Augen.

Sie teilte die Haare und fing an.

Dies war vielleicht das Einzige, worauf sie sich genauso konzentrieren konnte wie auf den Fernseher. Sie maß mit den Fingern die Länge seines Ponys und rasierte die Nackenhaare aus. Mrs Bateman summte, machte beim Schneiden immer wieder »ts, ts, ts« und wischte mit ihren weichen Händen die abgeschnittenen Haare von seinen Schultern.

Als sie fertig war, legte sie ihm beide Hände auf die Schultern und küsste ihn leicht auf den Kopf. »Okay. Perfekt.«

DER FLUSS

Jack war schon sauer, als er ankam. Doch August hatte das Gefühl, mehr Grund zu haben, wütend zu sein, deshalb war es ihm scheißegal, wie Jack sich fühlte. Schweigend liefen sie zum Fluss und sahen sich auch nicht an, bis sie das Ufer erreicht hatten.

»Wieso hast du mich hierher gebracht, August?«

»Ich hab ein bisschen nachgelesen ... Mit dir stimmt was nicht, Jack. Du gibst dir alle Mühe, dich zusammenzureißen, aber mit dir ist etwas nicht in Ordnung.« August hob einen Stein auf und schleuderte ihn übers Wasser. »Wir müssen mit jemandem drüber reden.«

»Du redest mit niemandem drüber«, reagierte Jack sofort in herrischem Ton.

»Aber. Wir. Müssen.« August biss sich auf die Zähne. »Es könnte alles noch viel, viel schlimmer werden, Jack. Du kannst das doch gar nicht abschätzen.«

»Ich kann das nicht abschätzen? Ich?«, explodierte Jack. »Du weißt doch noch nicht mal, wie das ist. Es passiert ja nicht dir, sondern mir ...«

»Genau deshalb sind wir hier«, unterbrach ihn August. »Es passiert sehr wohl mir. Ich habe seit Tagen nicht mehr geschlafen, weil ich auf der Suche nach Antworten bin, weil ich recherchiert habe und einfach durchdrehe. Du schaffst das nicht allein, Jack. Und du solltest das auch nicht allein durchmachen. Ich bin dir das schuldig.«

»Du bist mir gar nichts schuldig«, keifte Jack. »Du hast diese wahnwitzige Art von Pflichtbewusstsein, das nichts mit mir zu tun hat, mit dem du dich bloß umhüllst wie mit irgendeiner komischen emotionalen Kuscheldecke. Das ist bescheuert. Wie kommst du überhaupt dazu, mich hierherzuschleppen, um diese Scheiße zu diskutieren?«

Es war, als hätte Jack ihm das Herz aus der Brust gerissen und so lange gedrückt, bis es platzte; es tat so weh, dass August keine Luft mehr bekam. Deshalb riss er den Arm nach hinten und schlug Jack ins Gesicht, so fest er nur konnte.

Jacks Bartstoppeln kratzten an Augusts Haut. Seine Knochen lagen so dicht unter der Oberfläche. Das Ganze war total strange. August hatte so etwas noch nie getan – er hatte Jack noch nie verletzt. Es war schrecklich.

Es war ein zusätzlicher Schmerz zu all dem anderen. Es wäre einfacher gewesen, wenn Jack ihn zuerst geschlagen hätte.

»Wie kannst du so etwas sagen? Wie?«, brüllte August.

Jack schaute irritiert und mit schmerzverzerrtem Blick, aber immer noch genauso wütend.

»Hast du vergessen, was hier war? Hab ich dich umsonst hierher geführt?« August schwang den Arm mit einer wilden Bewegung in Richtung Wasser. »Hast du vergessen, was du damals gesagt hast?«

»Was ich gesagt hab? Wovon redest du überhaupt, August?« Jack rieb sich das Kinn.

»Du hast gesagt, dass ich dir gehöre!«, schrie August. »Du hast meinen Arm gepackt und gesagt, ich gehör dir. Vielleicht hast du's ja vergessen, aber ich nicht. Ich kann das nicht vergessen. Ich konnte wochenlang nicht in die Nähe von Wasser, weil ich nach der Geschichte so eine Scheißangst hatte. Ich wär nicht mehr da, wenn du mich damals nicht rausgezogen hättest. Du hast gesagt, ich wär ...«

»August.« Jack sah ihn an, als ob er ihm noch nie begegnet wäre.

»Es ist schon zu lange so, als dass ich daran etwas ändern oder es aufgeben kann, egal ob du dran glaubst oder es dich auch nur ... einen Funken interessiert.« August schluckte schwer. Er hatte noch nie in der Öffentlichkeit vor jemandem geweint und er hatte auch nicht vor, jetzt damit anzufangen. Er blinzelte heftig und atmete durch, bis er sich wieder gefasst hatte, dann fing er von vorn an.

»Es geht hierbei nicht nur um dich, Jack. Es geht um uns beide. Du bist mein bester Freund. Und was du gesagt hast, das war echt Scheiße. Es ist nichts Bescheuertes, keine Kuscheldecke oder so ein Scheißdreck. Es ist die Wahrheit und es bedeutet etwas, zumindest mir.«

Jack starrte ihn an. »Ist es das, was du wolltest?«, fragte er. August fühlte sich plötzlich ganz schwach.

»Es ist das, wie ich uns gesehen habe, wofür ich uns gehalten habe«, schrie August zurück.

Der Fluss erhob sich aus seinem Bett und berührte den Rand seiner Turnschuhe, obwohl sich keiner von ihnen bewegt hatte. Jack nickte, dann sah er zu Boden und murmelte vor sich hin in dem Versuch zu verstehen. Schließlich, nach einer Ewigkeit, schaute er zu August hoch und trat zielstrebig auf ihn zu. Ohne jede Vorwarnung packte er August an den Haaren, riss seinen Kopf kraftvoll zurück und überhörte dabei das Keuchen, das August über die Lippen kam.

August schloss die Augen. Der Schmerz brannte so grell und heiß wie die erschreckend sanfte Wärme von Jacks Unterarm in seinem Nacken.

»Okay«, knurrte Jack dicht an seinem Ohr. »Das ist dein Spiel, August. Ich werde mitspielen, du bestimmst die Regeln. Aber wehe, du schlägst mich je wieder.«

Jack ließ ihn los und August fiel auf die Knie.

Jack schaute nicht noch mal zurück, nachdem er sich umgedreht hatte und gegangen war. Während August ihn durch die Blätter davonstapfen hörte und dann, wie der Motor rödelte, als er den Wagen anließ, fragte er sich: *Hat jeder einen Freund wie diesen?*

OMEGA

Es überraschte ihn jedes Mal, wie widersprüchlich Jack sein konnte. Das nächste Mal, als er ihn sah, war es, als ob es die Auseinandersetzung nie gegeben hätte. Jack war wieder in seiner üblichen Verfassung: albern, entspannt und auf nervige Weise beharrlich. Alles, worüber August immer die Augen verdrehte und was er zugleich wirklich mochte.

Daneben gab es die andere Jack-Version. Die Version, von der August den Eindruck hatte, dass sie einzig für ihn bestimmt war. Der egoistische, fordernde, erschreckende Jack – mit den großen Augen, die er dann zu schmalen, schlangenartigen Schlitzen zusammenzog. Ein Jack, der seine Stärke dazu benutzte, ihn zu stoßen und zu schleudern, wohin es ihm beliebte. Von dessen Intensität August die Haare senkrecht standen.

Er war sich sicher, dass es eine missbräuchliche Art von Beziehung war, in der er steckte. Doch der »wütende Jack« brach nur selten hervor, deshalb hatte August beschlossen, fürs Erste nicht dran zu rühren, auch wenn er noch immer den Widerhall des Schmerzes in seinem Schädel spürte. Im Moment gab es jedoch größere Probleme zu lösen.

Sie liefen nebeneinander her. Jacks blauer Fleck auf der Wange war noch immer deutlich zu sehen, während er über Müsli jammerte und einen Apfel in die Luft warf, als wenn es die andere Jack-Version gar nicht gäbe.

DIE ZWILLINGE

Roger kam an diesem Tag allein zur Schule und das war eine verdammt große Sache. Offenbar hatten selbst Leute, die schon mit den Zwillingen in die Grundschule gegangen waren, so was noch nie erlebt. Doch was August noch wichtiger fand, war die Tatsache, dass es überhaupt nicht Roger war. Es war Peter, der nur so tat, als wäre er Roger.

August hatte es festgestellt, als jemand in der Klasse die Hand hob und eine dumme Frage stellte. Peter zog missbilligend die Augenbrauen zusammen. Roger interessierte so was normalerweise nicht.

Gleich nach der Stunde ging August auf Peter zu. »Wo ist Roger?«

Peter zog eine Braue hoch und schaute höchst amüsiert. »Ich glaube, langsam kennst du uns ein bisschen zu gut. Roger ist zu Hause. Sie machen heute Drogentests und er fürchtet, er kommt nicht durch, deshalb geh ich für ihn.« Peter zog an den Gurten seines Rucksacks. »Ich muss dir ja wohl nicht erklären, dass du die Klappe halten sollst. Ich denke, wir verstehen uns.«

August verdrehte bei dieser Drohung die Augen. »Klar. Wie auch immer, ich hab mich nur gefragt, was los ist, und mich nicht an einer neuen Karriere als freischaffender Superschnüffler versucht. Egal, ich würde ihn jedenfalls später gern treffen. Glaubst du, er ist dazu bereit?«

Peter zuckte mit den Schultern. »Doch. Wahrscheinlich. Er mag dich auch, weißt du. Richte bloß kein Chaos bei uns zu Hause an, dann ist alles okay.« Peter warf sich den Rucksack über die Schulter und ging.

PERSPEKTIVE

Gordie holte ihn ein, als er zur Bushaltestelle ging. »Hey. *Hey.* Mit wem gehst du zur Homecoming-Party?«

»Zur Homecoming-Party?« August kniff die Augen zusammen. War es echt schon so weit?

Gordie schaute genervt. »Die ganze Woche hängen schon überall die Plakate. Nächsten Freitag sollen wir König und Königin wählen. Also sag schon, mit wem gehst du hin?«

August hatte die Plakate nicht mal bemerkt. Es gab einfach zu viele andere wichtige Dinge zu klären, als dass er sich um eine Tanzveranstaltung hätte kümmern können. Jacks seltsame Visionen zum Beispiel. Oder dass seine Mom auf keinen Fall von seinen regelmäßigen Einbrüchen erfahren durfte, die er aus Jux unternahm. Außerdem war er ziemlich sicher, dass er die Geschichtsarbeit vermasselt hatte.

»Ich denke, ich gehe ...«, fing August an.

»Geh mit mir hin«, antwortete sie und ihre Wangen wurden rot wie ein leuchtender Sommerpfirsich. *»Mit mir.«*

MARIO KART

»Also, ich geh mit Gordie zum Homecoming-Fest. Sie hat mich auf dem Weg hierher überfallen.« Er warf den Rucksack auf den Boden von Rogers Zimmer. »Mit wem gehst du? Mit Peter?«, witzelte August.

Roger lächelte nicht. Er zuckte nur leicht mit den Schultern und schaltete seine Playstation an.

»Echt?«, sagte August ungläubig.

»Mit wem denn sonst?«, antwortete Roger, als ob das kein bisschen absurd wäre.

»Du könntest versuchen, mit einem Mädchen zu gehen«, antwortete August ironisch und ließ sich vor dem Fernseher nieder. Er zog die Beine an und rollte sich so gut es ging zu einer Kugel zusammen, dann schnappte er sich die Fernbedienung.

»Ich mag keins von den Mädchen an unserer Schule, außer Gordie. Und ich kann ja schlecht auf irgendwen zugehen und sie einfach fragen.« Roger zuckte wieder mit den Schultern. »Aber davon abgesehen, was ist so schlimm dran, wenn ich mit Peter hingeh? Ich geh doch sowieso überall mit ihm hin.«

»Eben. Ehrlich gesagt finde ich das auch komisch. Versuchen Zwillinge normalerweise nicht, möglichst verschieden zu sein? Denn was das angeht, macht ihr beiden echt einen Scheißjob.«

Roger neigte den Kopf zur Seite und sah August zweifelnd an. »Nein. Wir waren ursprünglich ein und dieselbe Person und haben beschlossen, dass wir damit glücklich sind. Das ist nicht seltsam. Höchstens … ungewöhnlich. Und wenn schon, nur weil etwas ungewöhnlich ist, muss es ja nicht schlecht sein. Das solltest du doch am besten wissen.«

Dann schwieg Roger und drückte auf Play.

DER KEIM UND DIE BOHNE

Sie verließen die Schule und gingen zu Jack nach Hause. Keiner war da. Es war nie jemand zu Hause.

Sie knackten den väterlichen Alkoholschrank, stibitzten eine Flasche Scotch und gingen nach oben, um sich auf dem Dach niederzulassen.

»Waldstücke überwuchern die Straße«, sagte Jack.

»Ehrlich?«

»Ja, die zweite Sonne lässt hier alles ziemlich hell leuchten«, antwortete Jack mit einem leichten Lächeln.

»Die zweite WAS?«

Jack sah August nüchtern an. »Es ist leicht, so zu tun, als ob sie nicht da ist. Ich meine, starrst du von morgens bis abends ständig die Sonne an?«

August stieß seine Ferse gegen das Dach. »Verstehe«, murmelte er.

»Was das angeht, denk ich jedoch, ich schlage mich bisher echt gut darin, so zu tun, als ob das Ganze gar nicht passiert«, erwiderte Jack.

»Ich weiß«, sagte August. »Ist es sehr schwer?«

Jack verzog das Gesicht und nahm einen Schluck.

»Du könntest jederzeit einfach … aufhören. So zu tun, meine ich«, sagte August leise. »Also, natürlich nicht in der Schule, aber wenn wir unter uns sind … wir zwei und Rina.«

»Was würde das bringen?« Jack starrte in die untergehende Sonne. »Und ich will auch Rina da nicht mit reinziehen. Es ist einfach so daneben.«

»Ja. Es ist daneben.«

SIEBEN

Danach änderte sich alles.

Jack erklärte August endlich, was er sah, ohne dass man ihn dazu auffordern musste. Es gab Menschen, Tiere und Gegenstände in seiner Welt und er war echt gut darin, sie zu beschreiben. Offenbar war das Ganze auch interaktiv, was irgendwie cool wirkte.

Ehrlich gesagt war es ziemlich cool, wenn man einfach nicht drüber nachdachte, was August inzwischen zu hundert Prozent akzeptierte.

Jack streichelte Katzen, die nicht da waren, und winkte Leuten, die unsichtbar waren wie Glas. August machte das nichts mehr aus. Die Schule ging nur sieben Stunden, wenn Sport war neun. Außerhalb der Schule war es einfach, sich alles am Arsch vorbeigehen zu lassen. Und Jack hatte jeden Tag genug Stunden, in denen er das ausgiebig tat.

August fand es lustig, doch es war die Form von lustig, die immer so etwas Drängendes an sich hat. Als ob sie alles auf einmal rauslassen müssten, bevor irgendwas Schreckliches den Spaß abrupt stoppte.

Doch das erwähnte er Jack gegenüber nicht.

Er ließ ihn einfach weiter unsichtbare Schmetterlinge im Licht einer zweiten unsichtbaren Sonne jagen.

AUSFLUG

Alex versuchte, alle in die nächste Stadt zu lotsen, weil es dort eine Natur-und-Technik-Show gab. Sie hatte Gordie dazu gebracht, mitzufahren, weil es in der Nähe eine richtig gute Bar gab, die auch Minderjährige reinließ und eine Dartscheibe hatte. Der einzige Grund für August mitzukommen, war dagegen die Möglichkeit, seinen Zigarettenbestand aufzufüllen. Die Zwillinge sprangen einfach mehr oder weniger stillschweigend hinten in Jacks Wagen rein, auch wenn Jack sie mit einem bösen Blick anstarrte.

Natürlich war der Wagen damit bei weitem zu voll. Jack und August saßen vorn, Alex und die Zwillinge hinten und Gordie lag quer über den dreien, die Knie über Rogers Arm geschwungen und den Kopf an Alex' riesiges Notebook gelehnt.

»Wieso darf ich nicht vorn sitzen?«, nölte Alex.

Jack würdigte sie nicht mal einer Antwort. Er war in das Ganze reingezogen worden, weil er der Einzige mit einem Auto war.

Die Fahrt dauerte nicht schrecklich lang – auch wenn es unterwegs anfing zu schneien. Sie überquerten die paar hohen Hügel, die die beiden Städte voneinander trennten, und parkten in der Straße eines Wohngebiets. Sobald das Auto zum Stehen kam, riss Alex die hintere Tür auf. Gordie taumelte aus dem Wagen und lief sofort zu der Bar, ohne auch nur zu fragen, ob jemand mit wollte. Alex und die Zwillinge packten ihr Schulzeug zusammen, zogen eine Karte hervor und marschierten in Richtung Natur-und-Technik-Show. Nur Alex dachte daran, sich für die Mitfahrgelegenheit zu bedanken.

Jack und August saßen eine Weile schweigend da. Es war immer noch warm im Auto und keiner von beiden hatte so richtig Lust, auszusteigen.

»Was siehst du hier?«

Jack lehnte den Kopf gegen die Kopfstütze, hob das kantige Kinn einen Zentimeter an und schloss die Augen. Er lächelte, auch wenn er ein bisschen müde wirkte. »Eigentlich nichts, bis jetzt.«

»Wo möchtest du hin?«

»Keine Ahnung. Lass uns einfach ein bisschen rumlaufen.«

EISBAHN

Zum ersten Mal seit Monaten lief wirklich alles sehr entspannt.

Es war kalt draußen, aber Augusts Mom hatte beiden vor ein paar Jahren schöne Fäustlinge gestrickt und die hielten die Kälte immer noch gut ab. Sie gingen zuerst in den winzigen Eckladen, der auch an Minderjährige verkaufte, und besorgten dort Augusts Zigarettennachschub. Dann gingen sie zurück, quer durch die Stadt zur Eisbahn, um zu rauchen und den Leuten beim Schlittschuhlaufen zuzusehen.

»Sollen wir uns was zu essen holen?«

»Hä?« Jack lachte. »Ich fühl mich wie bei einer Verabredung.«

»Liegt an dem dämlichen Schnee«, sagte August mit mürrischem Gesicht. »Ohne die Blätter sieht es hier aus wie auf diesen Eisbahnen in Filmen.«

Sie schauten beide in den Himmel.

»Wär es zu sehr Klischee, wenn wir jetzt eine Schneeballschlacht machen würden?«, fragte August grinsend.

»Lieber würde ich sterben als zuzulassen, dass du nachher die Sitze in meinem Auto nass machst«, antwortete Jack nüchtern.

»Gut, gut. Sollen wir mal nach Gordie schauen? Ich bin sicher, in Bars gibt es auch was zu essen.«

Jack zuckte mit den Schultern und August nahm es als ein Ja.

AUFRUHR

Gordie tanzte auf einem Tisch, umringt von Bikern. August und Jack standen im Eingang und betrachteten das Ganze angewidert, bis jemand brüllte, sie sollten die Tür hinter sich zumachen.

Alle in der Bar wirkten beängstigend. Überall war so viel Leder. August packte Jacks Arm, zog ihn herein und setzte ihn auf einen Hocker an der Theke.

»Hat die Küche noch auf?«

»Nein. Und ich würde mich da nicht hinsetzen, wenn ich ihr wär. Das ist der Platz von The Hound.«

»Wer ist The Hound?«, fragte August.

Der Barkeeper zeigte durch den Raum auf einen schwergewichtigen Mann, der am Rand des Tisches stand, auf dem Gordie tanzte. Er sah aus wie ein blutrünstiger Rubeus Hagrid.

»Heiliger Jesus, Maria und Josef«, sagte Jack nach Luft schnappend.

»Tja. Ist wohl Zeit, wieder nach Hause zu fahren. Ich mach uns dann da eine Suppe«, antwortete August. Er durchquerte die Bar und schob sich durch die Menschenmenge, bis er den Tisch erreichte. Dann stieß er den Hound grob zur Seite und rief »Gordie.«

Gordie drehte sich um und streckte ihm die Zunge raus. Sie war stockbesoffen.

»Hast du mich gerade berührt?«, knurrte der Hound drohend.

August ignorierte ihn und kletterte auf den Tisch. »Wir fahren nach Hause. Jack hat Schiss und ich muss was zu essen machen. Kannst du noch gehen?«

Gordie rülpste ihm ins Gesicht. »Wahrscheinlich nicht.«

Die ganze Bar brüllte ihn jetzt an, von dem Tisch runterzukommen. August zog eine Grimasse, dann packte er Gordie, schwang sie sich im Feuerwehrgriff über die Schulter und sprang herunter. Der Hound stieß ihn heftig an und fast wären sie hingefallen.

»Ich hab gefragt, ob du mich berührt hast.«

»Also gut, wenn du unbedingt fragen musst, lautet die Antwort wahrscheinlich ja.« August war jetzt alles so scheißegal wie überhaupt nur möglich. »Sie ist siebzehn. Sie dürfte eigentlich noch nicht mal hier sein. Kann ich sie also jetzt einfach nach Hause bringen, verdammt? Was würdest du tun, wenn sie dein Kind wär?«

Der Hound brüllte und schlug seine Flasche gegen die Tischkante. Die ganze Bar verstummte.

»Oh, ähm. Wow. Okay. Tut mir leid. Tut mir echt leid, Sir.« August warf einen panischen Blick zu Jack rüber.

Jack zuckte mit den Schultern.

»Ich versuch nur, sie nach Hause zu bringen, okay?«, erklärte August, als sich der Hound wieder hinsetzte, wenn auch immer noch mit gefährlich finsterem Blick. »Wir müssen noch drei andere Kids auflesen. Ich bezweifle, dass einer von denen irgendwas Anständiges zu essen gekriegt hat, und es wird langsam spät ...«

»Du benimmst dich wie so ein durchgeknallter junger Dad«, kommentierte einer der Biker ganz in der Nähe und musterte August neugierig.

August zuckte zusammen. »Komm, Jack. Wir fahren nach Hause.«

Jack sprang von seinem Stuhl und folgte ihm durch die Tür.

BLUE

Nachdem sie Alex und die Zwillinge eingesammelt hatten, fuhren sie zu August nach Hause und spielten am Esszimmertisch Monopoly, während August einen großen Topf Tomatensuppe kochte und Brot dazu toastete.

Seine Mom kam nicht ein einziges Mal hoch, um zu schauen, wer all den Lärm verursachte. August ging dennoch in den Keller, um ihr das Abendessen zu bringen und Bescheid zu sagen, was lief.

Es war manchmal hart. Aber eine solche Mutter zu haben, war durchaus praktisch, wenn man kurzfristige Pläne hatte. August musste nie wegen irgendwas um Erlaubnis fragen und konnte so ziemlich tun und lassen, was er wollte.

Er zog alle Decken aus der Kammer im Flur und errichtete auf dem Boden im Wohnzimmer ein riesiges Kissen-und-Decken-Nest, in das sich alle legen konnten. Er schlief ein, mit Gordie auf der einen Seite um ihn geschlungen und Jacks Kopf auf der andern an seinen Bauch geschmiegt.

Niemand sagte etwas darüber, als sie am nächsten Morgen aufstanden.

FREI

»Ich glaube, es versucht, mit mir zu kommunizieren«, sagte Jack plötzlich in die Stille hinein, die sie in ihrer Ecke der Bibliothek umgab.

»Was soll das heißen?«

Jack drehte sich um, damit er ihn ansehen konnte, und lehnte den Kopf träge gegen die Wand. »Weißt du noch vor ein paar Tagen, als du das gesagt hast von wegen ich hätte Glück, dass ich die Dinge sehen könne? So wie du's gesagt hast, hat es mich nachdenklich gemacht. Was, wenn du recht hast und alles, was ich sehe, ist wirklich real? Was wäre zum Beispiel – hör auf zu lachen, August. Oh, mein Gott, jetzt mach dich nicht über mich lustig. Ich mein das ernst.«

August schüttelte nur den Kopf, schaffte es aber, nicht mehr zu grinsen, und Jack redete weiter.

»Was wär zum Beispiel, wenn das Ganze eine andere Dimension ist, in die es meine Wahrnehmung schafft einzudringen? Wenn es ein Ort ist, der existiert, dessen Existenz aber über unserer Welt gelagert ist? Als wäre er real und doch wieder nicht. Was denkst du?«

August kaute eine Weile an seiner Lippe und überlegte. Es war eine schräge Annahme. Aber es schien besser, ihr nachzugehen und sie als falsch zu erkennen, als sie abzutun und sich später zu wünschen, es nicht getan zu haben.

»Also ... normalerweise würde ich sagen, langsam wirst du plemplem. Aber ich bin sicher, so weit sind wir schon.«

Jack schnaubte.

»Egal.«

EHRLICH

Ehrlich, ein bisschen Sinn machte es. Wahrnehmung ist relativ. Genau wie der gesunde Menschenverstand, wenn man so recht drüber nachdenkt. Ist so eine totale »Minderheit gegen Mehrheit«-Geschichte. Wenn du auf die eine Seite der Linie fällst, dann zieh ein Ticket und mach weiter wie bisher. Wenn du auf die andere fällst, wird die Scheiße real.

Aber wie auch immer, Jacks Idee klang nach Spaß, es lohnte sich also, ihr nachzugehen. Es würde interessant sein, dieser Welt bis an ihr Limit zu folgen. Ein bisschen die Grenzen auszukundschaften. August kaufte ein Notizbuch, um alles aufzuschreiben und zu zeichnen, was Jack sah, damit sie Veränderungen und Ungereimtheiten festhalten konnten.

Das DSM-IV hatte er den Zwillingen längst zurückgegeben, doch jetzt wünschte er sich, er könnte es noch mal haben. Oder vielleicht mit jemandem über das hier reden. Nur um festzustellen, ob er auf der richtigen Fährte war mit dem, was er bei Jack vermutete. Was Jack hatte. Oder herauszufinden, ob es gefährlich war, wenn Jack sich alldem hingab.

Zum Glück gab es Wikipedia, Google und WebMD.

EINE STUFE WEITER

»Alles ist plötzlich einen winzigen Hauch lebendiger. Oder vielleicht ist das, was real ist, einfach trister. Keine Ahnung. Ist wie ein Fotofilter. Außerdem ist das meiste gar nicht ausschließlich auf mich fokussiert. Es ist einfach da und steht unabhängig von mir mit unserer Welt in Beziehung ...« Jack rieb sich nervös das Knie. »Oder mit Dingen außerhalb des Bildes, zu denen ich noch keinen Zutritt habe. Das Ganze ist aufs Visuelle beschränkt. Zum Beispiel sehe ich Dinge und berühre sie, doch ich kann nichts riechen, hören oder schmecken. Manchmal versuchen Leute, mit mir zu reden, aber ich höre sie nicht. Sie wirken immer sauer deswegen und wollen mich unbedingt dazu bringen, sie zu verstehen.«

August schrieb alles in sein Notizbuch, was Jack sagte. »Wie sehen sie aus?«

Jack zog die Nase kraus, während er überlegte. »Weiß nicht. Ist schwer zu beschreiben. Komische historische Kleidung? Masken? Sie sind schmuddelig, so wie es früher alle waren. Ehrlich gesagt ist es ein bisschen, als würde ich durch eine dieser Städte gehen, in denen sie alles auf Alt machen, damit die Touristen zu Besuch kommen.«

»Das klingt ... du musst das genauer beschreiben.« August stieß Jack mit seinem Bleistift in die Seite, bis der ihm den Stift aus der Hand riss.

»Weißt du was, ich werd einfach mal in ein paar alten Kulturlexika nachschlagen. Nicht, dass ich mich auch so schon unwohl fühlen würde. Jetzt soll ich auch noch Hausaufgaben über den ganzen Scheiß machen, den ich da sehe.« Jack warf verzweifelt die Arme in die Luft und wandte sich ab.

DAS NOTIZBUCH

Sie brachten ungefähr eine Woche mit dem Notizbuch zu. August war zwar kein begnadeter Künstler, doch darum ging es nicht. Wichtig war, die Dinge festzuhalten, die Jack sah. Also zeichnete er wahllos alles mit Buntstift. Es war beängstigend, welche Bandbreite an Gegenständen und Leuten in Jacks Welt existierte, die es in Augusts Welt überhaupt nicht gab.

Sechs Personen traten regelmäßig auf. Zwei davon versuchten, mit Jack zu reden: ein Mädchen und ein kleines Kind. Drei der anderen kamen und gingen ohne erkennbares System. Es gab auch verschiedene Tiere – die Hälfte von ihnen war absolut nicht zu identifizieren und auch äußerst schwer zu beschreiben.

Doch was Jack am meisten gefiel und August am interessantesten fand, waren die Gegenstände. Alle wirkten nach Jacks Beschreibung alt und er fand immer wieder ähnlich aussehende Versionen im Schullexikon, was August echt ausflippen ließ.

Jack hatte angefangen, allen möglichen Kleinkram aus seiner Welt in einer Ecke seines Zimmers zu sammeln. Er legte ein Sperrband um den Bereich, damit August nicht über den Haufen stolperte und womöglich etwas zertrat.

Es schien nicht so, als ob August mit irgendetwas davon in Beziehung treten könnte, doch das wollten sie lieber nicht austesten.

Was ist
das?

FINDE DAS

ungefähr so?

MEHR
WIE
DAS

Hör auf, die
da zu machen!

MITTAGESSEN

»Ich wusste gar nicht, dass du ein Tattoo hast.« Gordie schnippte verärgert mit dem Finger gegen Augusts Nacken. »Wo hast du das denn her?«

»Hat Jack vor ein paar Monaten gemacht.« August zog den Kragen hoch, damit es nicht mehr zu sehen war.

»Du lässt dich hundertfach von jemandem stechen, der keine Profilizenz hat, anstatt in die nächste Stadt zu fahren und es dir dort von einem machen zu lassen, der wirklich weiß, was er tut?« Alex schaute entsetzt.

August zuckte mit den Schultern. Er konnte spüren, wie seine Ohren heiß wurden.

»Habt ihr Partner-Tattoos? Hat er auch so eins?«, fragte Gordie neugierig und zog an Augusts Kragen. Er schlug ihre Hand weg und blickte sie böse an.

»Ich wollte eins und Jack war da, also hat er es für mich gemacht. Ist doch kein großes Ding.«

»Kommt mir nur etwas unhygienisch vor. Und leichtsinnig.« Alex hielt ihm ihre Plastikgabel anklagend vors Gesicht.

»Ungewohnt leichtsinnig.« Gordie kniff argwöhnisch die Augen zusammen.

»Er ist Drogendealer, Gordie. Ich denke, Leichtsinnigkeit gehört da zur Jobbeschreibung. Und hör auf, ihn zu belästigen, sonst wird er noch so rot, dass sein Gesicht in Flammen aufgeht.«

Sie lachten, während August heimlich sämtlichen Göttern dankte, dass sie auf Alex hörten.

»Glaubst du, Jack würde mir auch eins machen?«, fragte Gordie. »Hab versucht, mir in einem Laden eins stechen zu lassen, aber ich

110

bin noch nicht achtzehn, deshalb haben sie mich gleich wieder rausgeworfen ...«

August stellte sich vor, wie Gordie unter Jack lag. Malte sich aus, wie sich bei ihr das angespannte Schweigen wiederholte, das ihm manchmal Herzrasen machte, wenn er zu lange drüber nachdachte. Der Gedanke gefiel ihm nicht.

»Nein. Würde er nicht.«

GLASSCHUHE

Carrie-Anne hatte Jack zum Kauf von aufeinander abgestimmten Klamotten fürs Homecoming abgezogen, deshalb war August eines Samstags plötzlich auf sich gestellt. Er nahm den Bus, der zum Stadtrand fuhr, um Rina allein zu besuchen. Sie wirkte überrascht, als sie die Tür öffnete, ließ ihn jedoch herein.

»Bist du beschäftigt?«

»Nein«, antwortete sie und band ihre Haare oben am Kopf zu einem Knoten zusammen. »Hab nur ein bisschen gelesen.«

»Und was liest du?« August zog seine Schuhe aus, stellte sie ordentlich neben die Tür und machte es sich auf der Couch bequem.

»Märchen.«

August grinste. »Du liest immer noch Märchen?«

»Jeder Aspekt unseres Menschseins findet sich in Märchen widergespiegelt. Jedes Detail unserer Kultur, das uns zu dem macht, was wir sind.« Sie machte »ts, ts, ts«. »Als ich klein war, wurde so was noch mit Respekt betrachtet.«

»Damit hatte ich schon immer Probleme«, antwortete August nüchtern.

Rina warf ihm einen bösen Blick zu und setzte sich auf den Boden. »Ich weiß. Aber eines Tages wirst du es begreifen. Alle Eigenschaften, die du nicht von Geburt an besitzt, lehrt dich das Leben, Stück für Stück. Das hat mir meine Mutter gesagt.«

»Deine Mutter klingt wunderbar«, antwortete August und schloss die Augen.

»Das war sie.«

DAS KÖNIGREICH

Jack lag mit dem Rücken auf Rinas Teppich. Sie war vor Stunden zur Arbeit gegangen, hatte aber nichts dagegen einzuwenden gehabt, dass sie blieben. Jack fuhr träge mit der Hand über die Teppichfasern, wie wenn er die Ränder einer Strömung streicheln wollte. August neben ihm rauchte und starrte dabei aus dem Fenster. Er klickte das Feuerzeug an und aus.

»Kannst du's mir beschreiben?«, fragte er plötzlich. »Ich will alles darüber hören. Ich will hören, wie ich aussehe. Was ich trage.«

Jack schloss die Augen. »Manchmal verändert es sich. Anfangs hast du eine Maske getragen. So ein riesiges Federteil aus Knochen und Gold, mit einer langen, spitzen Nase wie ein Habicht. Zuerst war das beängstigend, aber mit der Zeit hab ich mich dran gewöhnt. Seit damals, als wir am Fluss gekämpft haben, trägst du sie nicht mehr – ich sehe einfach nur dich. Manchmal hast du normale Sachen an und manchmal, wie jetzt zum Beispiel, trägst du eine Lederrüstung und Stiefel. Steht dir echt gut.«

August fuhr mit der Hand über seinen Pullover.

»Auch deine Haare sind wilder. Nicht gegelt und gekämmt, so wie du's magst.« Jack streckte die Hand aus und August reichte ihm seine Zigarette. Jack blies den Rauch in den Nachthimmel.

»Weiter hinten, in der Stadt, gibt es silberne Vögel, die so fett sind wie Tauben. Manchmal kommen sie richtig dicht an uns ran. Es gibt auch so was wie Kühe, aber sie tragen ein zusätzliches Paar Hörner und ihre Beine sind zu lang. Alles ist sehr groß. Die Häuser in der Stadt sind aus Stöcken und Lehm gebaut und mit Holz und Gold verstärkt. Die Leute hier scheinen Gold nicht für etwas Seltenes zu halten, denn es überzieht förmlich alles. Aber im Moment sind wir nicht bei den Gebäuden. Wir befinden uns auf einem Hügel in der Nähe von einem niedergebrannten und verrottenden Wald. Es ist sehr dunkel und ich kann in dem Dunkel oder Nebel, oder was immer es ist, weder die eine noch die andere Sonne richtig erkennen.« Jack nahm einen weiteren Zug, reichte die Zigarette zurück und verzog das Gesicht. »Es ist beängstigend.«

»Tut mir leid.«

»Ist nicht deine Schuld.«

August drückte die Zigarette aus und zog die Jacke enger um seine Schultern. »Was ist, wenn du die Augen schließt?«, fragte er.

Jack seufzte nur und ignorierte ihn.

DER WICKER KING

Jack schob ihm ein zerknülltes Blatt Papier in die Hände, als er auf dem Gang an ihm vorbeikam. August faltete es in der nächsten Stunde auseinander und breitete es ordentlich auf dem Tisch aus. Dann las er die Nachricht, die Jack in seiner klotzig schluderigen Schrift geschrieben hatte:

Wir müssen reden. Ich hab das hier gefunden. Es war an eine Wand geschrieben, du weißt schon, wo ... Egal, hab's schnell notiert, weil ich dachte, vielleicht hilft es weiter:

Der Raub mit dem Schimmel
Gesät ist der Brimmel
Und stehet auch dicht!
Doch in wessen Licht?

Für Schier und Hier wir schaffen taub
In Schicksal, Leid und Staub
Vergebens lebt der alte Glaub
Glücksel'ges Blau, wie Feuerprall
Steht in der Halle für uns all.
Doch.

Wenn der Cloven King einstmals aufsteht,
Grinuten vernichtet, der Worrig Gebet
Und Gorgon schwägt in des Morges spät,
Dann sei seine sure Saat gesät!

Die Stürme stürmen, die Fröste frosten
Des Brimmels sanftes Schirrscharr vergeht
Und die neue Ordnung der Glumpen entsteht
Denn das Fortentuck kommet näher heran!
Die Grinuten flehen, der Gorgon hebt an:
»Der Wicker King der ernste Mann
Er eilet wohin er wohl helfen kann?«

Der *Wicker King.* August zitterte vom Kopf bis hinab zu den Zehen. Schließlich stopfte er das Blatt so tief wie nur möglich in seinen Rucksack und versuchte, nicht mehr dran zu denken.

INTERPRETATION

»Jack, das ist Kauderwelsch.«

»Das sagst du, als wenn das was Neues wär.«

August starrte erst Jack an, dann auf das Blatt und schließlich wieder zu Jack.

»Hör auf, mich so anzuschauen. Wenn du nur lang genug draufguckst, ergibt es vollkommen Sinn. Ist ungefähr so wie in Englisch, wenn du ein Gedicht interpretieren sollst. Brimmel zum Beispiel, das muss eine Art Getreide sein oder vielleicht ein Ausdruck für allgemeinen landwirtschaftlichen Wohlstand. Was weiß ich? Sicher ist für mich nur, dass der Cloven King böse ist. Die Leute setzen auf den Wicker King und wovor auch immer er sie die ganze Zeit in welcher Halle auch immer bewahrt hat, es ist weg und muss zurückgegeben werden, sonst ist die Kacke am Dampfen. Bist du dazu bereit?«

»Bereit wozu? Was können wir denn tun?«, fragte August und ließ seinen Kopf auf den Tisch sinken.

»Ich persönlich glaube, wir sollten sie retten. Klang ziemlich gruselig. Und nur weil sie nicht zu dieser Welt gehören, heißt das ja nicht, dass sie weniger wert sind als wir. Das wäre Voreingenommenheit.« Jack schniefte theatralisch. »Wie auch immer, du bist deutlich besser im Gedichteinterpretieren als ich. Also kannst du dir das vielleicht einfach mal für mich anschauen und rausfinden, was wir tun müssen?«

»Jack, das wird das Problem nicht lösen«, sagte August finster.

Es war ihnen beiden klar, auf welches Problem er anspielte.

»Ich weiß«, sagte Jack. »Aber trotzdem. Bitte.«

SCHRAUBENSCHLÜSSEL

August versteckte das Gedicht eine Woche lang in seinem Rucksack. Er schaute es nicht gerne an.

Peter und Roger warfen ihm die ganze Zeit wissende Blicke zu und, ganz ehrlich, langsam ging es ihm auf die Nerven.

In zwei Tagen war Homecoming.

Zwei der Drogenkuriere, mit denen er zusammengearbeitet hatte, waren erwischt worden, also bürdete Daliah deren Arbeitspensum zusätzlich ihm auf und das beunruhigte ihn. Das Extrageld gefiel ihm natürlich, aber nicht so sehr, dass er bereit war, einen längeren Gefängnisaufenthalt zu riskieren.

Jacks Eltern waren seit einer Ewigkeit nicht zu Hause gewesen und auch das machte ihm Sorgen. Jack dagegen schien damit keine Probleme zu haben. Aber es war schwer, nicht besorgt zu sein, wenn der beste Freund jeden Tag in ein leeres Haus zurückkam und sich von Dosenessen ernährte.

Auch sein Rücken hatte in letzter Zeit Schmerzen bereitet. Es war ein dumpfer, anhaltender Schmerz in den Schultern bis hinauf in den Nacken. Vermutlich Stress. Was sollte es denn sonst sein, verdammt?

FREITAG,
UNTER DER TRIBÜNE

»Hey, Junge, hey.«

August klappte ein Auge auf und schaute hoch.

»Holst du mich um acht heute Abend ab?«

Er schloss die Augen wieder.

»Du hast doch nicht etwa vergessen, dass heute der Tanz ist, oder?«, schnaubte Gordie.

»Ich hab's nicht vergessen«, antwortete August müde. »Der Anzug und alles liegt schon bereit.«

Gordie beugte sich weiter nach unten, um August genauer anzusehen. »Du siehst unglaublich abgefuckt aus. Irgendwie total erschöpft und so.«

August hielt ihr seinen Finger hin und schloss wieder die Augen. »Ich geb mein Bestes. Mehr geht nicht.«

Gordie lachte und ließ ein bisschen Gras auf sein Gesicht rieseln. »Ja, ja, ja. Schlaf mal ein bisschen. Und vergiss nicht: Hol mich um acht ab.«

FRANZÖSISCHE
SEIDE

»Komm her«, sagte August. »Ich kann nicht glauben, dass dir das niemand beigebracht hat.«

»Na ja, du weißt doch. Mein Dad ist nicht viel da ... also ...«

Jack neigte den Kopf nach hinten. August lachte nervös, während er seinem Freund die Fliege band.

Sie war weich. Der ganze Moment fühlte sich weich an.

»Wieso ziehst du dich nicht bei Carrie-Anne zu Hause an? Sie mag das doch. Du weißt schon. Dass alles passt und so«, sagte August und zupfte leicht an dem Stoff.

»Du doch auch, Idiot«, gab Jack zurück. »Aber ja, okay ... ich glaub nicht, dass sie mich beim Homecoming auch nur eine Minute allein lässt, deshalb ... ich meine ...«

Jack zuckte hilflos mit den Schultern. Er konnte den Satz nicht beenden. Konnte er nie.

August seufzte bloß und zog die Fliege straff.

HOMECOMING

Seine Mutter hatte ihm Walzer beigebracht. Sie hatte an Schönheits-
wettbewerben teilgenommen. Ein echtes Glamourgirl mit Krönchen
und einem Lächeln wie tausend Edelsteine. Die Hand gerade so weit
gebeugt, dass sie der jubelnden Menge mit Anmut zuwinken konnte.
Sie kam aus dem Geldadel, wo man meinte, dass es wichtig sei, so
was zu lernen.

Inzwischen winkte sie höchstens noch manchmal, wenn er zur
Schule ging, und der einzige Jubel kam aus dem Fernseher im Keller.
Aber sie war nicht immer so gewesen.

Deshalb wusste August, wo er die Hände platzieren musste, und
genauso wusste er, wohin mit den Füßen. Er wusste, dass er Gordie
mit dem Daumen über den Nacken fahren musste, um in ihr einen
Schauer auszulösen. Sie drückte sich eng an ihn.

Jack sah von der anderen Seite des Saals zu.

Er war natürlich mit Carrie-Anne da. Sie hatte sich in ein grell-
rosa Ungetüm gezwängt und die Haare oben auf dem Kopf zu einer
Art Lockennest zusammengesteckt. Sie tanzten den typischen sim-
plen Wiegeschritt, wie praktisch alle anderen auch. Jack grinste
August über Carrie-Annes Schulter an.

August rollte die Augen und beschloss, ihn zu ignorieren. Er
lehnte seine Stirn an Gordies Hals. Sie roch süß, nach Parfüm und
Haarspray.

»Willst du lieber zurück zu mir? Meine Eltern kommen nicht
vor ...«

»Ja, verdammt. Ja«, sagte er.

BANG BANG

Sie taumelten auf den Teppich und Gordie stieß seinen Kopf gegen die Tür. Es war wie geplündert werden. Ihm gefiel die Grobheit. Es war ihm egal, woher sie rührte.

Als sie ihm den Schlips wegriss und ihre Hand in seine Hose schob, kollabierte er praktisch. Es gab nur noch seine zitternden Hände und das gehauchte Keuchen zu ihren scharfen Krallen und herausgeschrienen Kraftausdrücken.

Gordie ritt ihn, als wenn er nicht aus Haut und Knochen bestünde.

August strich ihr zärtlich die Haare aus dem Gesicht, doch sie schlug seine Hand weg. Er drückte die Daumen in ihre Hüften und sie biss ihm in den Hals. Er fuhr ihr mit den Fingern über den rasierten Teil des Kopfs und sie stieß einen hübschen, sehr hübschen Schrei aus. Er lehnte den Kopf zurück und schloss die Augen, während sie ihn bei lebendigem Leibe verspeiste.

Als sie ihn grob an den Haaren zog, keuchte August und bäumte sich vom Boden auf.

Sie durfte das nicht tun. Niemand durfte das außer *ihm*. Er streckte eine Hand nach oben, um ihren Arm von sich wegzustoßen, doch sie schwenkte die Hüften und es war zu spät.

Er brach zusammen. Stöhnte. Dachte an spröde Lippen, starke Arme und Sommersprossen.

FRACHT

Peter schnappte August das Gedicht aus der Hand und warf kurz einen Blick drauf. »Das ist Kauderwelsch«, sagte er. Roger spähte seinem Bruder interessiert über die Schulter.

»Nein, ist es nicht«, beharrte August. »Ich brauche euch für eine Interpretation, damit ich verstehe, was Jack und ich tun müssen.«

»Tun müssen? Du musst ihn zu einem Psychologen schicken«, sagte Peter nüchtern.

»Aber ...!«, schaltete Roger sich ein, ehe August auf die Drohung reagieren konnte. »Wir werden mal für dich draufschauen. Auf den ersten Blick sieht es nach einer Art Quest aus, einer Suche.«

August nickte ernst. Eine Quest aus. Das würde er hinkriegen. Wenigstens sagte ihm der Text nicht, dass sie Leute umbringen sollten.

»Wir sagen dir morgen Bescheid. Du kannst gehen.« Peter winkte ihn fort.

August schaute finster wegen Peters Unhöflichkeit, nahm aber seinen Rucksack vom Rasen und ließ die Zwillinge unter der Tribüne zurück.

DER ERSTE FALKEN-EMPFÄNGER

August traf ihn vor der Umkleide, gleich nach dem Spiel. Jack kam mit dem Rest der Mannschaft hereingetaumelt. Er nahm den Rugby-Helm ab und wischte sich Schweiß und Dreck aus dem Gesicht.

»Wir sind genau in der Mitte des Landes«, keuchte er ohne jede Vorrede oder irgendwas. »Wo die Regierung sitzt. Wir bewegen uns durch ihre Welt, wie sie sich durch mein Gesichtsfeld bewegen. Was bedeutet, die meisten Leute können einen nicht sehen, aber sie wissen, dass du da bist. Außerdem war die Idee mit den Schichten, über die wir gesprochen haben, näher an der Wahrheit dran, als wir ursprünglich glaubten. Ich bin mir ziemlich sicher, dass Orte hier genau mit Orten in der Hauptstadt übereinstimmen.«

»Wann hast du das rausgefunden?«

Jack grinste. »Nun ja, ich bin mir relativ sicher, dass das Spielfeld da draußen der Marktplatz ist. Es war total irritierend mit den ganzen Ständen und Leuten, die auftauchten und wieder verschwanden. Hat mich echt abgelenkt. Einer der Torpfosten war die Hälfte des Spiels über ein Brunnen.« Jack schüttelte den Kopf.

»Wow. Ich weiß gar nicht, was ich sagen soll ...« August war entsetzt. Er hatte nicht gewusst, dass es schon so schlimm war. »Okay, ich hab das Gedicht den Zwillingen gegeben. Sie helfen uns. Vielleicht finden sie ja raus ...«

»Was? Wieso?«

August verdrehte die Augen. »Erklär ich dir später. Zieh dich an und komm so gegen sechs zur Spielzeugfabrik. Deine Mannschaftskameraden schauen schon ganz komisch.«

KRANKER TRICK

Jack fuhr auf den Angestellten-Parkplatz der Spielzeugfabrik und stellte den Motor ab. »Wieso hast du den Zwillingen das Gedicht gegeben?«, fragte er noch durch die offene Scheibe. Er klang nicht froh darüber.

August schob sich auf den Beifahrersitz. »Peter hat schon vor Monaten gemerkt, dass mit dir irgendwas ist, und ist damit zu mir gekommen. Roger hat es dadurch automtisch rausgefunden. Ihre Mom ist Psychologin. Ich konnte gar nichts machen. Sie haben es rausgefunden und jetzt sind sie mit involviert. Sie haben versprochen, niemandem etwas zu sagen, solange wir niemanden verletzen oder selber verletzt werden ...« August verstummte langsam, als er sah, wie Jack die Augen zusammenkniff.

»Was? Ich kann daran nichts mehr ändern«, fuhr August fort. »Im Moment sitzen wir mit den beiden im Boot. Je nachdem, wie wir handeln, werden sie reagieren. Unsere Handlungen diktieren ihre Reaktion. Die Zwillinge sind strategisch wie sonst was ... Obwohl – deine Vermutung ist eine gute Entwicklung für uns. Ehrlich, je schneller wir das klären, umso besser.«

»Klären?«, fragte Jack und seine Hände umklammerten das Lenkrad ganz fest. »Ist das der Grund, wieso ich mich hier mit dir treffen soll?«

»Wir müssen die Grenzen deiner Sehkraft austesten und eine Landkarte anfertigen, damit wir die Hauptstadt im Verhältnis zu unserer Stadt orten können. Ich hab gedacht, das hier wäre als Ausgangspunkt so gut wie ...«

Jack schwieg eine Weile und starrte zu Boden. »Ich mach das allein. Ich brauch dich dafür nicht mehr«, sagte er leise.

»Nein! Du kannst nicht einfach – wir sind doch schon so weit gekommen. Schließ mich jetzt nicht aus, Jack. Bitte.«

»Steig aus meinem Wagen.«

»Nein!«

»Steig aus meinem Wagen, verdammt!«, schrie Jack.

August schlug die Tür mit einem Knall hinter sich zu. Er drehte sich nicht noch mal um, als Jack vom Parkplatz fuhr und in die Nacht davonjagte.

KOMMUNION

Augusts Beine zogen ihn aus der Stadt in die Mitte des Waldes. Das war ein Weg von mehreren Kilometern. Der Wind peitschte ihm ins Gesicht, machte die Wangen taub und stach in den Augen. August sammelte Äste, riss sie von Bäumen oder hob sie vom Waldboden auf, ohne sich um das Ziehen und Kratzen der Rinde an seinen Händen zu scheren. Er arbeitete stumpfsinnig, wie ein Roboter. Beugen, aufrichten, fallen lassen. Beugen, aufrichten, fallen lassen.

Als das Gestrüpp bis zu den Oberschenkeln reichte, zündete er es an. Die Flammen ragten so hoch wie er.

August stürzte gegen einen Baum und sackte zusammen, die Füße in den Schuhen geschwollen, die Handflächen blutig und verdreckt. Er lag da wie tot. Die Augen aufgerissen und glasig, starrte er in die Flammen.

Es brannte bis tief in die Nacht.

August wartete, bis die letzte Glut in der Schwärze versank. Dann stand er langsam auf, kniete sich neben die verkohlten Reste und grub seine Finger in die Asche.

RAU

Diese »Welt« war nicht real. Doch sie war es für Jack und das machte sie auch für ihn real. Es war eine Entscheidung. August entschied es. Er war nicht Alice, die unabsichtlich in ein Kaninchenloch stürzte – das war Jack.

August?

Er hatte Jack stürzen sehen und raste zu dem Loch; er war vom Rand gesprungen und tauchte den Kopf voraus hinter Jack her in die Dunkelheit. Er würde sie beide mit bloßen Händen aus der Tiefe herausziehen.

Es war diese Schuld. Der Fluss. Die Schuld war inzwischen seine Religion.

Und so was war mehr wert als die Berge und das Meer.

REMUS

Er lief zurück in die Stadt und geradewegs zu dem Haus, in dem Jack wohnte. Zu seiner Überraschung öffnete Jacks Mutter, als er klopfte. Sie war seit Wochen nicht zu Hause gewesen. Er sah sie mit unverhohlener Missbilligung an.

»Hi, August. Kann ich dir helfen?«

»Ich muss zu Jack.«

Jacks Mutter schaute besorgt. »Ich weiß nicht, ob das gut wäre. Er fühlt sich nicht wohl.«

»Ein Grund mehr, ihn zu besuchen. Ich bin ja ohnehin der Einzige, der was dagegen tut«, antwortete August gehässig.

Er schob sich an ihr vorbei und lief die Treppe hoch. August öffnete Jacks Tür, ohne zu klopfen, und schloss sie hinter sich. Jack hockte zusammengekrümmt in der Ecke im Dunkeln, den Kopf in den Armen versenkt. August eilte zu ihm und sank auf die Knie. Er hob Jacks Gesicht an und nahm es fest in seine Hände.

»Ich hatte solche Angst«, flüsterte Jack.

»Ich weiß.« Er wischte eine Träne von Jacks Wange und beschmierte dabei das Gesicht mit Asche.

»Verlass mich nicht.«

August schloss die Augen. »Niemals.«

KULTURWISSENSCHAFTEN

Rina nahm ihre Schürze ab und verschwand mit ihnen in die Nische. Jack schob ihr das Gedicht über den Tisch, dann lehnte er sich zurück und ließ sie lesen. Sie hatte ihre Haare aus dem straffen Knoten gelöst, den sie immer zur Arbeit trug. Als sie zum Ende des Textes kam, runzelte sie die Stirn.

»Was bedeutet das?«, fragte August.

»Ich hab nur ein halbes Semester Volkskunde am städtischen College studiert, deshalb …«

»Du bist die Beste, die wir gerade fragen können«, unterbrach August sie. »Alles, was du uns sagen kannst, ist hilfreich.«

Rina tippte mit einer Haarspange auf das Blatt und schaute nachdenklich. »Das heißt, der Wicker King stammt aus einem Spiel, das ihr immer gespielt habt, als ihr klein wart, richtig?«

Beide nickten.

»Wie waren die Regeln?«

»Es war ein Spiel, bei dem man sich Dinge vorstellen musste. Mehr eine Art Machtkampf als irgendwas anderes, merke ich gerade«, erklärte Jack nüchtern. »Eine klassische Abenteuergeschichte. Ausgedachte Jagden, ausgedachte Feste, ausgedachte Schwertkämpfe, die wir mit Stöcken führten.«

Rina blinzelte. »Wenn ich das Gedicht mit anderen vergleiche, die ich gesehen habe, ist das hier eher so eine Art einfaches Lai ohne festen Strophenbau. Oder eine Form von Prophezeiung. Wenn ihr die Nonsens-Wörter wegstreicht und euch nur auf die echten Wörter konzentriert, ist es eine ziemlich einfache Geschichte.«

Sie zog den Teller mit den Resten von Augusts Apfelkuchen auf ihre Tischseite und nahm eilig einen Bissen.

»Im Grunde gibt es ein Objekt, das sogenannte Glückselige Blau, das aus seinem angestammten Platz genommen wurde. Und das ist nicht gut, weil ohne es jeder und alles in der Geschichte sterben wird. Wegen irgendeinem bösen Cloven King. Der Wicker King – das bist du«, sagte sie zu Jack, »muss das Glückselige Blau finden und zurückbringen, damit was immer mit Fortentuck gemeint ist, nicht eintritt. Deshalb gehe ich davon aus, alles, was Jack sieht, folgt dieser Grundhandlung.«

»Das ... klingt ... nicht ... gut«, sagte Jack.

August beugte sich vor und stützte die Ellenbogen auf den Tisch. Sein Herz raste. »Und was, meinst du, sollen wir tun?«

Rina zuckte mit den Schultern. »Ich persönlich würde Jack ins Krankenhaus bringen.«

»Das machen wir auf gar keinen Fall«, sagte Jack schnell.

»Wieso nicht?«, fragte Rina.

»Weil ich es sage. Wir werden die Prophezeiung erfüllen.«

»Bist du irre, Mann?«, fauchte August.

»Wieso hast du Angst vor einem kleinen Abenteuer? In dieser dämlichen Kleinstadt passiert doch nie irgendwas Cooles.« Jack grinste freudlos. »Außerdem, wir spielen doch schon ein Spiel. Wieso fügen wir dem kein zweites hinzu? Glaubst du etwa, du schaffst das nicht?«

»Was für ein Spiel? Das aus eurer Kindheit?«, hakte Rina nach. Sie schaute argwöhnisch.

»Nein, nicht wirklich«, antwortete Jack vage. »Für das Spiel sind wir zu alt. Dies hier ist anders.«

August hämmerte mit den Fingern auf den Tisch. Er hatte keine Ahnung, wo er ansetzen sollte mit der Erklärung, was irgendwann in diesem Jahr am Fluss passiert war. Und noch viel weniger mit dem Konzept ihrer »Spiele« und der Bedeutung, die sie im Lauf der Zeit angenommen hatten. Er dachte an Jacks Finger in seinem Nacken und spürte ein wenig Scham.

»Hör auf, sie in die Irre zu führen, Jack. Es ist nichts, Rina. Ich erklär's dir später«, log August.

BESTIARIUM: BESTIARIUM

»Zuerst war es ein heller Ort«, sagte Jack. »Alles war hyperrealistisch und detailliert. Die einzige Möglichkeit zu wissen, dass etwas real war, schien manchmal zu sein, wenn es unbeschreiblich trist wirkte. Doch jetzt ist es ein fast vollständig geschlossener Kreis.«

Vorher hatte er meist Leute in tristem Grau gesehen, doch inzwischen war alles rot, gelb und grün. Die Kleidung war anders, bäurisch. Sie hatten keine Zeit mehr.

»Wenn die Sache zu weit geht und ich weiß, dass sie das tun wird, schreib alles auf, was ich sage, und beschreib es. Alles, was passiert. Alles«, sagte Jack.

Natürlich würde August das tun. Und natürlich tat er es auch jetzt. Die Geschichte war einfach zu gut, um es nicht zu tun.

August kaufte zehn Notizbücher und dreißig Stifte. Einen steckte er in jedes Heft, die anderen befestigte er mit einem Gummiband. Inzwischen verließ er das Haus nie mehr ohne Notizbuch und Stift.

NORMAL

Der Wald war auch in Jacks Welt noch immer der Wald. Die meisten ländlichen Gebiete waren weitgehend identisch. Je älter etwas war, desto wahrscheinlicher wurde, dass es exakt so blieb, wie Jack es kannte; einen Unterschied konnte er nicht feststellen. Das Älteste in der Stadt war der Fluss. Er floss noch fast denselben Weg wie der Fluss in der anderen Welt und August stellte aufgrund der Regelmäßigkeit, mit der Jack in letzter Zeit dort hinwollte, fest, dass er für ihn etwas Beruhigendes haben musste.

Nach dem, was er beschrieben hatte, lag der Ort, an dem Jack war, irgendwo im Osten in der Blütezeit der Seidenstraße, vielleicht auch noch etwas früher. Zumindest war das der Grad an technischem Fortschritt, mit dem sie es zu tun hatten.

Einige der Objekte aus der anderen Welt, die Jack in seinem Zimmer sammelte, hatten dort ihre eigene Geschichte, die er August in allen Einzelheiten beschrieb. Eine Weile hegte August den Verdacht, dass es weniger darum ging, *wo* Jack war, als vielmehr darum, *wann*.

»Und was ist mit dem Glückseligen Blau?«, fragte August und zog seinen Stift aus den Spiralen des Notizbuchs. »Worum geht es dabei?«

Jack schloss die Augen.

»Es ist ... ich weiß nicht, es ist wie ein Stern. Oder wie ein Gott ... aus Stein. Ist schwer zu beschreiben, doch es ist klein genug, dass man es in der Hand halten kann. Und so hell, dass man es kaum aushält, hinzuschauen. Wie ... wie ein sehr kleiner Stern. Keine Ahnung. Ich hab nicht auf alles Antworten, August. Es ist ein großes, leuchtendes Sternenbatterie-Dings und jeder wird sterben, jetzt, nachdem es nicht mehr da ist. Es verursacht ihre Art Apokalypse, nehme ich an.«

»Und ... wie sollen wir es finden?«

»Keine Ahnung, aber ich finde es. Ich muss es finden.«

NULLHYPOTHESE

Jack reichte Rina die Hand und zog sie den Berg hoch.

Sie wollten ihr ein bisschen mehr von dem zeigen, was Jack sah, damit sie die Richtigkeit ihrer Theorie testen konnten. Sie waren sich einig, dass Rina eine ausreichend unparteiische Beobachterin war, deren Meinung mehr Bedeutung haben würde als Augusts. Jack war mit den Knöcheln seiner Hand über Augusts Wange gefahren, sozusagen als Parodie eines Schlags, und hatte gesagt: »Ich muss einfach wissen, ob du mir nicht bloß das sagst, was ich hören will.«

Augusts Blick war auf Jacks Hand fixiert, die Rinas umfasst hielt. Er spürte in der Magengrube so einen …

»Von hier oben kannst du die ganze Stadt sehen«, sagte Jack.

Der Berg war gerade hoch genug, dass sie die Lichter der Gebäude jenseits der Stadt im Dunkel verschwimmen sahen.

»Was siehst du?«, fragte Rina.

»Alles. Es gibt in der Mitte der Stadt Gebäude aus Stein, je weiter man nach außen kommt, sind sie aus Holz und noch weiter draußen aus Lehm. Drüben, wo die Spielzeugfabrik sein müsste, steht ein größeres Gebäude aus weißem Stein. Es wirkt wie eine Kirche, ein Rathaus oder so was. Drumherum gibt es ein paar Weiden, auf denen Tiere grasen …«

»Nachts?« Rina zog die Nase kraus.

»Entweder können sie im Dunkeln sehen oder sie werden geführt«, beendete Jack seine Beschreibung.

Vom Hügel aus sahen sie Menschen, die ihre Hunde im Hundepark spazieren führten.

August stellte sich dicht neben Rina und stieß sie leicht an. Sie wirkte traurig.

»Schon okay«, flüsterte August.

Jack drehte sich plötzlich um und sah sie an.

»Die Vögel mögen dich«, sagte er zu Rina und ließ ihre Hand los. Er streckte seine Finger nach vorn und umfasste dicht an ihrer Schulter ein Stück Luft. »Sie flattern ganz dicht um dich rum.«

Sein Blick wechselte zu August und Augusts Herz wummerte wie der monströse Zeitenstrom. Jack neigte den Kopf zur Seite und blickte tief in August hinein.

»Überall, wo du gehst, ist alles um dich herum wilder. Du bist es, der die Vögel gebracht hat, doch sie bleiben für sie ... glaube ich. Ist ein gutes Omen.«

Er zeigte ein Lächeln, dann schaute er wieder hinaus auf die Stadt.

»Die Gebäude schwinden zu Bäumen, die Bäume schwinden zu Gesträuch, das Gesträuch schwindet zu Staub und dahinter liegt das Land der vergessenen Könige. Die Ödnis. Wo nichts lebt, nichts wächst und nichts stirbt.«

»Nichts stirbt?«, fragte Rina und drängte sich dichter an ihn.

Jack schob seine Hand wieder in ihre. »Nichts stirbt. Zumindest schreiben sie das auf den Wänden. Sie schreiben alles Mögliche an die Wände ihrer Steinbauten ... Gebete, Witze, Nachrichten. Aber hauptsächlich Warnungen. Sie sagen, dass es hinter dem wilden Wald, was das Gebiet meint, das der Stadt am nächsten liegt, riesige wütende Bestien und Schwärme von Krähenkadavern gibt. Die sind wie tote Vögel, die lebenden Fisch fressen.«

Er zitterte.

»Sie sagen, wenn sich die Milchbestien in dem wilden Wald verlaufen, soll man sie dort lassen. Dass es weniger kostet, als wenn man sie suchen ginge und es mit dem Leben bezahlte.«

»Wie kannst du so leben?«, flüsterte Rina.

Jack zuckte mit den Schultern.

»Wo wir sind, ist es hell.« Der Wind blies heftig von Osten und die Äste der Bäume knarrten.

»Dort, wo ich stehe ... ist es warm genug.«

FROST

Die Winterferien standen bevor.

Daliah drangsalierte ihn so richtig mit den Kurierdiensten. Immer mehr Jugendliche wurden geschnappt und sie hatte mehr Stoff als Leute, um das Zeug zu verhökern. Ehrlich gesagt wollte August nur noch aussteigen, doch die Arbeitsunfähigkeitsrente seiner Mom war gekürzt worden, deshalb konnte er es sich einfach nicht leisten.

Zu dieser Sache, die sich da über ihm zusammenbraute, kam, dass sich seine Notizbücher immer mehr füllten. Es war klarer denn je: Jacks Zustand verschlechterte sich mit jedem Tag weiter. Doch es fühlte sich gut an, so zu tun, als würden sie proaktiv etwas dagegen unternehmen. Sie hatten inzwischen fast die ganze Stadt und ein Stück des Waldes aufgezeichnet.

Gut war auch, ein paar andere Leute um sich zu haben, die wussten, was lief. Die Zwillinge waren erstaunlich hilfreich, wenn August nicht da war, um ständig auf Jack aufzupassen, auch wenn Jack ihre Beteiligung immer noch zutiefst missbilligte. Peter verhielt sich immer noch wie ein Arschloch, aber wenigstens hatten sie bis jetzt niemandem etwas erzählt.

Seid ihr okay, Leute?

Alles in Ordnung, Roger

Er lügt wahrscheinlich.

Geht dich nichts an Peter

Ich rede förmlich gar nicht mit dir

Hatte ich nie gemerkt, aber du bist echt ein Arschloch.

Ich schwör dir Peter, wenn du nicht aufhörst...

NACHSITZ-BELEG

Schüler: August Bateman Klasse: 12

wurde mit Nachsitzen bestraft:

Tag(e): 17.01.03 Uhrzeit: 14:30 Raum: 105B

Begründung: Schüler hat einen der Whittaker-Zwillinge geschlagen

☐ Erschienen ☒ Nicht erschienen

David Dei

(Unterschrift)

STAUB

»Wir müssen für dich einen Weg finden, dass du mit meiner Welt in Verbindung trittst, damit du das Glückselige Blau auf seinen Ständer stellen und dafür sorgen kannst, dass es wieder funktioniert. Der Cloven King kommt jeden Tag näher und die Stadt verfällt überall um mich herum. Ich kann das nicht selbst machen.«

»Ja, ich weiß.« August stieß gegen einen Kiesel, während sie zur Spielzeugfabrik trotteten. »Hast du denn eine Idee, wie?«

Jack zog ein verlegenes Gesicht. »Ein paar, aber keine davon ist gut.«

August zog eine lose Scheibe heraus und sie krochen ins Innere der Fabrik. Jack kletterte von der Fensterbank und bot August seine Hand. August ignorierte sie und sprang einfach runter. Er landete hart und rollte sich auf die Füße. Jack schaute anerkennend zu.

»Du wirst immer besser damit.«

August zuckte das Kompliment weg. »Wo ist der Ständer?«

»Gibt es hier drinnen was, das genau in der Mitte des Raums ist? Ich erinnere mich, dass es irgendwas …«

»Der einzige Gegenstand in der Mitte des Raums ist einer dieser Wasserspender, die die Leute im Büro haben, aus denen man warmes und kaltes Wasser holen kann«, unterbrach ihn August.

Jack strahlte. »Echt? Oh, super. Ich bin ziemlich sicher, dass das Glückselige Blau dahin passt, wo man sein Glas reinstellt. Ich sehe ihn als ein wirklich dekoratives Metallturm-Etwas mit einer quadratischen Nische in der Mitte. Außerdem, nur zu deiner Information: Wir sind gerade in dem Rathaus-Schrägstrich-Kirchenmuseums-Ding. Ist echt schick hier.«

»Aber wir können es jetzt nicht reintun, weil …?«

»Es wird nicht funktionieren, August. Das haben wir doch schon besprochen«, antwortete Jack. »Es muss so etwas wie eine Verbindung geben, die es dir ermöglicht, aus dieser Welt in meine Welt durchzugreifen. Sonst wär es, wie wenn man eine leere Batterie in eine Taschenlampe steckt und glaubt, sie geht dadurch an.«

»Okay, was wir also suchen, ist etwas, das genug Ladung erzeugt?«, spöttelte August verzweifelt. »In Ordnung. Wenigstens mal ein erreichbares Ziel ...« Er ging durch den Raum und betrachtete sämtliche Apparate. Ganz beiläufig hob er den Plastikkopf einer Puppe vom Boden auf, warf ihn in die Luft und fing ihn geschickt wieder auf.

»Können ... wir gehen?«, fragte Jack plötzlich mit erstickter Stimme.

»Wieso? Wir sind doch gerade erst angekommen.«

Jack antwortete nicht. Er zappelte nur ein bisschen.

August seufzte nicht mal. Er ging zum Fenster hinüber, kletterte die Wand hoch und zog die Scheibe raus. »Wald, Fluss oder Wiese?«

»Wiese. Ich möchte rennen.«

FORT

Sie rannten, bis es schwer wurde, die kalte Luft durch die Zähne zu saugen. Der Schnee war geschmolzen, das Gras gefroren. Es knirschte. Sie taumelten zu Boden und keuchten schwer. Jack hustete, dann zuckte er zusammen und fasste sich an die Seite vom Kopf.

»Alles okay?«

»Ja. Hat nur kurz wehgetan … aber mir geht's gut.«

August schlenzte sich an ihn heran und Jack fasste nach Augusts Jacke und zog ihn noch näher. Er lehnte seine Stirn an die von August.

»Willst du wissen, wie ich dich sehe?« Jacks Stimme klang belegt vom Laufen. August nickte. »Ich seh dich wie immer. Ich glaube, das wird sich nie ändern … Es spielt keine Rolle, ob du meine Farben trägst oder so wie jetzt gekleidet bist. Du bist immer einfach nur du.«

»Was heißt das?«

»Keine Ahnung. Aber ich will nicht, dass das verschwindet.« Jack schluckte. »Wenn das passieren würde, fürchte ich, wär es nicht gut.«

»Ich geh nirgendwohin«, beharrte August und schloss seine Finger um das Gras.

»Das habe ich nicht gemeint.«

INDIGO

Jack lag auf dem Fußboden in Rinas Wohnung. Er wand seine Finger durch den schmuddeligen Teppich. August saß neben ihm und sah schweigend zu, wie Rina ihre Strümpfe hochzog und am Strumpfhalter festhakte. Sie zwängte sich in ihre Arbeitskleidung und zog den Reißverschluss hinten hoch.

Am liebsten schaute er zu, wenn sie ihr Make-up auflegte. Er mochte die schwarze Flüssigkeit, die sie um die Augen zog, damit sie tiefer wirkten. Er wusste nicht genau, was all das andere war, das sie benutzte, doch zuzusehen, wie sie die Sachen auftrug, war wie ein Kunstwerk betrachten. Sie war atemberaubend in dem gedämpften gelblichen Licht.

Rina wartete bis zum allerletzten Moment, bevor sie den Lippenstift benutzte. Es war wie eine Kriegsbemalung, rot und wild auf den Mund geschmiert.

Sie lächelte August an, um Wirkung zu erzielen.

Er erschauerte.

SCHARLACHROT

Rina wuselte in der Wohnung herum, wusch Geschirr ab, hob Klamotten auf und aß nebenbei schnell eine Schale Weizenflocken. Es wirkte erschreckend häuslich.

»Wir müssen eine Reise machen«, sagte Jack plötzlich.

»Wieso?« August sah von der Stelle, wo er auf dem Teppich lag, zu ihm hoch.

»Um das Glückselige Blau zu finden«, antwortete Jack, als ob es das Selbstverständlichste der Welt wäre.

»Und wohin?«, fragte Rina.

»Nicht so arg weit. Wir müssen es auch nicht gleich tun, wenn es das ist, was dich beschäftigt. Ich muss es nur ausgraben.«

»In unserer Welt oder in deiner? Und woher weißt du überhaupt, wo es sich befindet?«

»In meiner. Und ich weiß es einfach. Ich kann es spüren«, antwortete Jack flapsig. »Es ist mehr oder weniger so, wie wenn jemand dich anstarrt und du schaust nicht zurück, weißt aber ganz genau, dass der andere guckt. Ich weiß, in welche Richtung ich muss, um in die Nähe zu kommen, weil ich es deutlich spüre. Klingt albern, aber ihr müsst es einfach so hinnehmen, okay?«

August nahm einen weiteren Zug von der Zigarette und sah Jack argwöhnisch an. »Wann hast du das letzte Mal mit einem deiner anderen Freunde abgehangen?«, fragte er.

Jack schaute nervös. Er zupfte eine Weile an Rinas Teppich und schaute aus dem Fenster. »Weiß ich nicht mehr. Hab sie nach und nach ausgemustert. Ich kann das nicht mehr, verstehst du? Dieses ganze So-tun-als-ob. Es nervt mich.«

»Würde es mich auch, wenn ich tun müsste, was du tust«, sagte

Rina und begann mit kräftigen Bewegungen, ihr Makeup zu überpudern. »Würdest wahrscheinlich einen prima Schauspieler abgeben, wenn das hier jemals erledigt ist.«

»Könntest du mich als Nächsten drannehmen?«, witzelte August und drückte seine Zigarette auf einem Teller aus, der in der Nähe stand.

»Nein, Blödmann, ich hab zu tun. In fünfzehn Minuten hab ich eine Lesung.«

»Wieder in dem gleichen beschissenen Café?« Er lachte.

Rina stieß ihn spielerisch an und gab ihnen beiden einen Abschiedskuss, ehe sie ging.

VERRIEGELT

August zündete im Dunkeln eine weitere Zigarette an. Er schaute hinüber zu Jack, der ganz still dasaß. Die Linie seines Kopfs war rund im Licht von Rinas vergilbter, gesprungener Lampe.

Manchmal warteten sie, bis sie von der Arbeit oder von einer Lyriklesung im Café zurückkam. Sie vertrödelten die Zeit, indem sie einfach auf dem Teppich lasen, Karten spielten oder auf Rinas 15-Zoll-Fernseher irgendwelchen Schund glotzten.

Jack zupfte nervös an seiner Jeans, dann wurde er wieder still. Es war wie mit einem fantastischen Wesen: Es war unmöglich, ihn nicht genau zu beobachten, wenn er in der Nähe war. Jack war inzwischen wie ein Reh, jederzeit im Begriff fortzuspringen. August fragte sich, was passieren würde, wenn er ihn berührte – die Hand ausstreckte und mit dem Finger seitlich am Hals hinauffuhr ...

Ehe er ihn tatsächlich berühren konnte, drehte sich Jack blitzschnell um und packte Augusts Handgelenk. Zermahlte die Knochen in seiner Faust. August stieß einen scharfen Schmerzenslaut aus und zog die Hand zurück.

Er hatte seine Stellung vergessen.

Jack löste den Griff und sah ihn neugierig an. »Manchmal versteh ich dich nicht, August. Du bist sehr dreist.«

August schluckte, schaute aber nicht weg.

DER ANFANG

»Und? Die Reise. Wann geht es los?«

»Ich denke, wir könnten in den Winterferien aufbrechen. Natürlich sind wir Weihnachten wieder zurück, aber ich glaube, wir brauchen mindestens ein, zwei Tage.«

»Was haben wir davon?«

»Wir kriegen etwas, von dem ich glaube, dass es uns weiterhilft. Ich habe mit ihr gesprochen ...«

»Mit Rina?«, fragte August.

»Mein Gott, ja. Hör auf, mich zu unterbrechen. Egal, sie hat manches ein bisschen prägnanter erklärt und ich hab jetzt eine ziemlich genaue Vorstellung, was wir tun müssen.«

»Und was ist das?«, fragte August müde.

Statt zu antworten, biss sich Jack auf die Lippe und fuhr ruhig in Augusts Auffahrt.

»Es wird mir nicht gefallen, stimmt's?«

»Wahrscheinlich nicht.«

August seufzte.

WARM BLEIBEN

August ging nach unten. Er tat das nicht allzu oft, weil er es nicht mochte – den schalen Geruch von alten, vermodernden Möbeln, die stickig schwüle Luft, das blecherne Surren des Gameshow-Netzwerks. Doch sie war nun mal da unten und er brauchte ihre Erlaubnis.

»August?«

»Hey, Mom ...«

Er konnte sich nicht erinnern, wann sie angefangen hatte, die meiste Zeit hier unten zu verbringen. Es musste irgendwann in der Phase gewesen sein, als er in die Mittelschule ging und sein Dad ausgezogen war. August beugte sich zu ihr hinab, um sie auf die blonden Haare zu küssen, und ignorierte den Geruch nach altem Schweiß und Medizin.

»Ich will am Samstag mit Jack wegfahren.«

»Wann kommst du zurück?« Ihr Blick verließ nicht einmal den Bildschirm.

»Montag. Die Winterferien fangen an, ich hab also keine Schule.«

»Oh, das ist aber nett ...« Irgendjemand schätzte, was ein Mixer kostet. August stand ein paar Minuten da und beobachtete die Szene über die Schulter seiner Mom hinweg. Dann zog er ihr die Decke hoch und steckte sie fest.

»Hat Dad schon den Scheck geschickt?«, fragte er. »Wird kalt draußen – und das Gas wird teurer.« Er legte die Hand auf ihre Stirn, um zu fühlen, ob sie Fieber hatte, nur für alle Fälle. Sie nickte unter seinen Fingern, schaute aber nicht zu ihm hoch.

Das Publikum applaudierte. »Okay. Ich liebe dich«, sagte August.

Sie hörte ihn nicht.

LIEBEVOLL

Jack kam um sechs Uhr morgens. »Wir fahren nach Iowa«, verkündete er aufgeregt und marschierte in die Küche.

»Was?! Das ist zwei komplette Bundesstaaten entfernt!«

»Yep.« Jack stöberte in Augusts Kühlschrank und nahm ein paar Flaschen Wasser heraus. »Und da fahren wir hin. Wir finden das Glückselige Blau.«

August versuchte erst gar nicht, dagegenzuargumentieren. Er schlang sich einfach die Reisetasche über die Schulter, stopfte eine Decke unter den Arm und folgte Jack nach draußen. »Wo ist dein Auto?«

Jack tätschelte selig die Seite von einem Truck, der dort stand, wo er normalerweise sein eigenes Auto parkte. »Mein Grandpa hat mir den Pick-up geliehen. Wie auch immer, ich dachte, wir fahren so etwa bis drei, dann halten wir irgendwo an und wechseln.«

»Ich kann nicht glauben, dass ich das tue. Hat der Truck überhaupt Heizung? Ich wette, ich bin es, der für das Benzin zahlen muss.«

August hörte sich jammern, doch es war ihm egal.

»Und wieso müssen wir so früh los? Hab noch nicht mal gefrühstückt ...«

Er schwang sich auf den Beifahrersitz und wäre fast mit dem Gesicht in der braunen Papiertüte gelandet, die Jack ihm entgegenhielt.

»Ich kenn dich, Mann. Erdnussbutter und Banane, Weißbrot ohne Kruste. Jetzt zeig schon ein bisschen Begeisterung.«

»Oh.«

154

Er machte sich nicht mal die Mühe, Jack anzusehen, als er verdrießlich nach der Tüte griff. Er wusste genau, dass der Hurensohn ihn liebevoll angrinste oder so was Ähnliches. August fing an, das Essen herunterzuschlingen, und Jack legte den Gang ein.

AUSBLICK

Mit Jack irgendwo hinzufahren, fühlte sich sicher an, so wie Fahren mit einem Elternteil. Jack war ein wirklich guter Fahrer. Ein deutlich besserer als August. Er hatte das Fahren schon mit vierzehn gelernt. Einfach heimlich den Wagen von Jacks Dad aus der Garage geholt und dann im Dunkeln durch die Gegend gefahren …

Der Truck von Jacks Grandpa hatte kein Radio, es gab nur das ständige Geklapper und das Schnurren des Motors. Jack pfiff leise vor sich hin, während August Kette rauchte oder einnickte.

»Siehst du im Moment irgendwas?«, fragte August neugierig.

»Immer.«

»Stört das … Ich meine … irritiert das beim Fahren?«

»Das fragst du, nachdem wir fünfzig Kilometer unterwegs sind?«, antworte Jack trocken. »Ist okay. Wie du siehst, sind wir noch nicht gestorben.«

Das war nicht gerade eine beruhigende Antwort. »Kann ich den Rest der Strecke fahren?«

»Hörst du auf, dich zu beklagen, wenn wir an einem Cracker Barrel halten?«, stichelte Jack. »Ich weiß, ich kenn deine vielschichtige Beziehung zu dieser Kette.«

»Cracker Barrel ist einfach großartig. Restaurant, Spielzeugladen, und Souvenirshop in einem. Das haben wir doch schon geklärt«, antwortete August barsch.

»Hmm«, knurrte Jack statt einer Antwort. Er klang viel zu zufrieden für jemanden, der eindeutig nicht vorhatte, auf den Parkplatz abzubiegen und das Essen für sie beide zu bezahlen. »Mach dir nicht so viel Sorgen. Dauert nicht lange, bis wir das hier erledigt haben und wieder nach Hause fahren.«

HICKORY

Plötzlich fiel August was ein. »Was ist eigentlich mit Carrie-Anne?«

Jack schwieg eine Weile, dann säbelte er weiter an seinem Steak mit Ei rum. »Wir haben nach Homecoming Schluss gemacht. Haben uns gestritten. Sie ... meinte, ich würde ihr nicht genug Aufmerksamkeit schenken. Ich denke, sie hat allmählich gemerkt, was ...« Jack wedelte mit der Hand, anstatt zu beschreiben, was mit seinem Kopf passierte. »Außerdem ist sie nicht gerade gut darin, ein Geheimnis für sich zu behalten, deshalb konnte ich ihr nichts sagen. Ich musste sie einfach gehen lassen.«

August hörte auf zu essen und legte die Gabel ab. »Du hast es mir nicht mal erzählt ...«

»Ja, gut.« Jack wirkte müde und verlegen.

»Tut mir leid.« August wusste nicht, was er sagen sollte. Er hatte das mit Carrie-Anne nicht mal bemerkt. »Echt. Ich meine, *ich* hab sie gehasst, aber du mochtest sie doch wirklich ...«

»Ist schon okay«, murmelte Jack vor sich hin. »Wir haben im Moment sowieso zu viel zu tun für so was. Ist nicht wichtig. Iss auf. Wir müssen weiter.«

DÄMMERUNG

August fuhr bis Sonnenuntergang. Jack war sofort eingeschlafen, als sie gewechselt hatten. Er hatte ihm einen zerknitterten Zettel mit der Wegbeschreibung gegeben und sich dann mit dem Gesicht zum Fenster zusammengerollt.

August fühlte sich jung, als er im Dunkeln durch Niemandsland fuhr – eine Gegend ohne Häuser, hohe Gebäude und Menschen. Einfach nur meilenweit Straße, Wiesen, Autos und das leise Atmen von Jack neben ihm. Sie waren erst siebzehn. Die Welt war so groß und sie beide so klein. Und es gab weit und breit niemanden, der verhinderte, dass schreckliche Dinge passierten.

Plötzlich geriet er in Panik. Er wollte, dass Jack sofort aufwachte. »Jack. *Jack!*«

Jack bewegte sich noch halb im Schlaf, drehte sich aber schließlich um und starrte ihn an. »Was?«

August wusste nicht, was er sagen sollte; so weit hatte er nicht gedacht.

»Was?«, fragte Jack wieder und klang sauer. »Wolltest du wechseln?«

»Nein. Mir ... war nur langweilig.«

Jack sah ihn skeptisch an.

»Schon gut. Vergiss es. Schlaf weiter«, murmelte August verlegen.

Jack seufzte, griff hinüber und fasste mit einem festen Griff um Augusts Nacken. Sofort löste sich die Spannung und August atmete leise aus. »Wir halten in einer Stunde.«

MOTEL

Viel Schlaf hatte die Nacht nicht zu bieten.

Sie hatten mindestens fünf Minuten lang den fleckigen und verratzten Hotelteppich betrachtet, ehe sie beide in das Einzelbett sanken. Mit Jack in einem Bett zu schlafen, war eine schreckliche Tortur mit viel zu vielen Ellenbogenstößen. Die Bettwäsche war zu kratzig und stank noch nach dem, der vor ihnen darin gelegen hatte. Aber immer noch besser, als auf dem Boden zu schlafen.

Es war längst nicht das erste Mal, dass sie so etwas machten. Als Kinder hatten sie ständig das Bett geteilt. Und Jack hatte schon damals im Schlaf seine kleinen spitzen Knie und Ellenbogen in Augusts Seite gerammt, bis der es nicht mehr aushielt und ihn ohne Umschweife aus dem Bett auf den Boden stieß. Und um das Ganze noch zu toppen, war er am Morgen mit Sabber im Nacken aufgewacht, weil Jack im Schlaf wieder ins Bett zurückgekrochen war …

»Steh auf.«

August öffnete die Augen. Er erinnerte sich nicht mehr, wann er eingeschlafen war, aber offenbar war es Morgen. Jack war angezogen und bereit zum Aufbruch. Er sah aus, als ob er nicht vorhätte, sich von irgendjemandem auf der Nase herumtanzen zu lassen. August kroch aus dem Bett und schob seine Beine zurück in die Jeans.

»Wir müssen vor drei Uhr aufbrechen, damit wir um halb sieben dort sind, das heißt, wir müssen so schnell wie möglich in die Gänge kommen. Ich hol schon mal Kaffee und du solltest dich ein bisschen dehnen und strecken. Wir werden graben müssen.« Jack verschwand aus dem Zimmer, ohne noch einmal zurückzuschauen.

SEIL

»Wie viel Zeit haben wir?«

»Halbe Stunde, vielleicht auch weniger. Ich weiß, es ist hier unten. Keine Ahnung, wie tief oder so, aber ich bin sicher, ich werde es ziemlich schnell finden. Die eigentliche Aufgabe ist, uns nicht erwischen zu lassen. Das hier ist eine Gegend, wo man erst schießt und dann Fragen stellt. Und wenn ich sag, zieh mich hoch, ziehst du mich hoch, so schnell du nur kannst.«

»Dich… hochziehen?!«, stotterte August. »Du hast jede Menge Muskeln. Wieso kann ich nicht …«

»Ich bin nicht in Stimmung«, fuhr Jack dazwischen und starrte ihn wütend an.

August sackte in seinem Sitz zusammen und schmollte. Das hier war der schlimmste Ausflug aller Zeiten. Als Jack nach ihm fasste, rückte August weg. »Was?!«

»Du hast was im Gesicht. Lass es mich wegmachen«, antwortete Jack und schaute einen Moment von der Straße.

August runzelte argwöhnisch die Stirn, hielt aber still, als Jack ihm mit dem Handballen übers Gesicht rieb. »Mann, du bist so ein Baby«, murmelte Jack.

August würdigte den Satz mit keiner Antwort.

TIEFE

Am Ende mussten sie überhaupt nicht graben. Es war auf dem Grundstück eines Farmers in einem Brunnen.

Einem ganz normalen Brunnen.

»Versuch, nicht einzuatmen, was da unten ist«, warnte August, als Jack wortlos in den Brunnen kletterte. Er sah zu, wie Jack in das Dunkel hinabsank. Später würde August sagen, dass das Ganze weniger als einen Moment gedauert hatte.

Während er Jack wieder hochzog und das Seil schwer in der Hand lag, spähte er hinab, um zu sehen, was Jack, der nass war von Erde und Dreck, fest zwischen den schwarzen Fingern hielt. Den Gegenstand, der eine Reise von Hunderten von Kilometern wert war. Das Glückselige Blau.

Es war ein Stein.

Grau.

Schlicht.

Nichts.

GLÜCKSELIGES BLAU

Jack ließ es ihn auf der Rückfahrt halten. »Schau nicht direkt drauf. Das Licht ist zu grell«, hatte er gesagt, als er ihm den Stein, der in einen Schal gewickelt war, vorsichtig übergab.

August sagte nichts. Er nahm nur den Stein und hielt ihn fest. Er wickelte ihn nicht aus, er versuchte nicht, ihn anzuschauen. Er hielt ihn bloß und versuchte, nicht loszuheulen. Woher hatte Jack eigentlich gewusst, wo er hinmusste? Spielte das überhaupt eine Rolle?

Er dachte an Rogers Handynummer, die er auf einen Zettel gekritzelt und in seinem Schreibtisch verstaut hatte.

Er dachte an den Ausdruck in Jacks Gesicht, als er ihn aus dem Wagen gestoßen hatte und meinte, er würde ihn nicht mehr brauchen.

Er dachte daran, einfach nach Hause zu fahren und für immer und ewig zu schlafen.

Es fing an zu schneien. Es war kurz vor Weihnachten.

CHROM

Die Fahrt verging schnell und schweigsam. Zurück in der Stadt, bog Jack in Augusts Einfahrt und schaltete den Motor des Trucks aus. August reichte ihm das Glückselige Blau und Jack setzte es behutsam in seinen Schoß.

»Danke, dass du ... du weißt schon ... mitgekommen bist. Mir ist bewusst, dass du das nicht hättest tun müssen.«

August zuckte mit den Schultern. Sie saßen schweigend im Dunkeln.

»Jack ... ich ...«, begann er. Aber Jack sah ihn nicht an. »Sind deine Eltern Weihnachten zu Hause?« Es war eigentlich nicht das, was er hatte sagen wollen.

»Ja. Mein Dad hat angerufen, während du schliefst, und gesagt, dass er vorhat zu kommen. Er meinte sogar, dass er einen Baum mitbringt!« Jack klang jetzt glücklich.

Gut so.

»Okay«, sagte August, während er die Tür öffnete und auf den Weg trat. »Schlaf ein bisschen. Morgen gehen wir zur Wiese.«

Er hörte Jack erst losfahren, als er die Haustür hinter sich schloss.

THE NEWBEI

Gegründet 1918   Montag, 23. Dezember

Farmer entdeckt unter altem Brunnen Bismut-Vorkommen

Green hält Bismut-Kristall in der Hand

Von Lynette Reeves

Der ortsansässige Farmer Sherman Green, 54, entdeckte kürzlich nach einem Einbruch auf seinem Gelände ein riesiges Bismut-Vorkommen. Green war der Spur von Personen gefolgt, die sich heimlich auf seiner Gerstenfarm zu schaffen gemacht hatten. Die Spur führte zu einem verlassenen Brunnen, wo die Eindringlinge Seile zurückgelassen hatten, was, wie Green sagte, sein Interesse geweckt hätte. „Wahrscheinlich waren es bloß dumme Gören", meinte er. „Keine Ahnung, was sie überhaupt auf meinem Land wollten. Geklaut haben sie jedenfalls nichts, doch genau das machte mich neugierig." Green beschloss deshalb, den Brunnen aufzugraben, und entdeckte tief unter der Erde eine Bismut-Ader. „Ich war so überrascht, dass ich gar nicht wusste, was ich da eigentlich entdeckt hatte", sagte Green. „Doch es war schön, einfach nur schön. Es war wie Katzengold, nur blau und es schimmerte in allen Regenbogenfarben."

Bismut ist ein sprödes Metall, dass gewöhnlich in Pharmazeutika und Kosmetika Verwendung findet. Erste Schätzungen über den Wert der Ader liegen bei ca. 700.000 US-Dollar. Was die Eindringlinge betrifft, erklärt Green, er habe nicht vor, Anzeige zu erstatten. „So was wie das hier findet man nicht alle Tage."

Mutm Dopp

Von Barry Stacks

Ein mutmaßlicher offenbar einem Gi Stadt Salisbury wu Vergiftung durch e fert und ringen sei Polizei am Montag

BBC und der A früheren russischer Militärgeheimdien und nach seiner Er rigen Haftstrafe ve tauschs zwischen M Großbritannien. Russland hat Groß Bislang sei jedoch sagte Präsidialamts Vorgang als "tragis Informationen, au

Die Polizei gab zwischen 60 und 7 wurden bereits am von Passanten ente Die mysteriöse Ve In der Nacht zum eine Pizzeria in Sa zwar anhand der v gefährdung aus. D bei plötzlicher Erk Einsatzkräfte in S nigten.

Eine steriöse Ve Geheimdienstkrei erinnert an die Er 2006. Unbekannte vergiftet. Das dari drei Wochen. Nac Geheimdienstler h

DIE WIESE

Sobald sie neben der Wiese anhielten, floh August aus dem Wagen und rannte los. Unkraut und Gras schlugen ihm gegen die Jeans. Er war froh, dass es hier nicht geschneit hatte. August hörte, wie Jack hinter ihm herkam und rasch aufholte.

Das hier war kein Rennen.

August jagte zur Mitte der Wiese, atmete die kalte Luft schnell ein und aus. Jack lachte. Sie jagten über den Boden und rutschten mit ihren Turnschuhen auf dem Raureif aus. Ihre Herzen pumpten, es würgte sie in der Kehle.

Geschnappt. Er konnte es spüren. Er war geschnappt worden.

Seine Lunge wurde von langen Armen zerdrückt, als sie zu Boden taumelten. Sich wälzten in Gras und Kies. Beißen und Kratzen wie von etwas, das Krallen und Hauer besaß statt Nägeln und Zähnen. August wurde gestoßen und gezogen und gegen den eiskalten Boden gedrückt, doch er gab alles.

»Nenn mich ›Sire‹. Erweise deinem König die Ehre.«

August lachte nur. Jack stieß ihn mit einem festen Schlag auf den Rücken nieder.

Oh. So war das also.

Er setzte sich eine ganze Weile zur Wehr. Doch es war reiner Widerstand, keine Rebellion. »Ihr zerquetscht mich, Sire«, sagte August so frech wie möglich. Er keuchte laut und mit heißem Atem in den Kies.

Jacks graue Augen wirkten im Licht wie blau. Er stieß einen einzigen Atemzug aus, der klang wie ein Lächeln.

WEIHNACHTSSTERN

Seine Mom war oben und sie war schön in Rot gekleidet. Die Haare hatte sie nach hinten geworfen und sie trug Ohrringe. Sie summte sogar, als sie das Weihnachtsessen bereitete. August schmiegte sich an sie und gab ihr einen Kuss auf die Wange.

»Wo ist Jack?«, fragte sie, während sie Käse in die Makkaroni rührte.

»Sein Dad kommt nach Hause.«

»Bist du sicher? Ruf ihn an, ehe wir essen.« Sie fuhr ihm mit den Fingern durchs Haar, dann zog sie die Nase kraus. Es war Wochen her, dass sie ihm die Haare geschnitten hatte. August verdrehte die Augen – ausgerechnet das war es, was sie sofort bemerkte. Doch zu seiner Überraschung zuckte sie nur mit den Schultern und tätschelte seine Wange. »Man weiß ja nie. Vergiss nicht, ihn anzurufen.«

Er brummelte seine Zustimmung und ging in den Flur, um zu telefonieren. Jacks Handy klingelte, bis August sicher war, dass gleich die Voicemail kommen würde. Doch sie ging nicht an.

»Ist er da?«

Jack schluchzte.

August zog Schuhe und Jacke an und trat hinaus in die Kälte.

GESCHENK

Jack lag unten neben dem Bett auf einem geöffneten Schlafsack. Er hatte Daunendecke und Laken, die Augusts Mom extra für ihn reserviert hatte, zu einer Art kreisförmigem Nest zusammengewickelt und sich in die Mitte gelegt.

Sie hatte auch dieses Jahr für Jack Geschenke besorgt, als hätte sie die ganze Zeit damit gerechnet, dass er Weihnachten da sein würde. Auch wenn sie nur mit Mühe über die Runden kamen und Jack von dem Taschengeld, das ihm seine Eltern überließen, locker das ganze Weihnachtsessen hätte bezahlen können.

August spähte über den Bettrand und schaute in den Haufen aus Decken und Laken. »Bist du noch wach?«

Jack antwortete nicht. Er schlief nicht, da war August sicher. Jack schnarchte wie ein Walross und das hier war kein Schnarchen. Dieses leise, wütende Atmen war das Geräusch, mit dem er August bewusst überhörte.

August seufzte. »Wenn ich deinem Vater je noch mal über den Weg laufe, dann schlag ich ihm meine Faust in die Fresse«, versprach er.

»Ich erinner dich dran.«

JANUAR

August sog die kalte Winterluft durch die Zähne, dann drückte er die Zigarette an der Wand des Gebäudes aus. Er spie kurz auf den Boden, schaute hoch und sah, wie Peter und Roger ihn beobachteten.

»Du siehst erschöpft aus«, sagte Peter unverblümt. Roger zwickte seinen Bruder und machte ein entschuldigendes Gesicht in Richtung August.

»Tja, schön zu sehen, dass ihr zwei euch in den Ferien kein bisschen verändert habt.« August schob die Tasche über die Schulter und machte sich auf den Weg in die Schule. Sie folgten ihm.

»Gordie hat nach dir gesucht«, sagte Roger leise.

Sie konnten alle drei ganz gut miteinander reden, wenn sie unter sich waren, doch er sah schon wieder, wie Peter in der Öffentlichkeit dichtmachte – und Roger tat es ihm nach, wohl aus lauter Solidarität mit seinem Bruder.

»Wir müssen jetzt los. Aber viel Glück«, murmelte Roger.

»Und versau's nicht, wenn wir weg sind«, rief Peter im Weggehen schniefend.

Ja, klar.

SCHÖNE WILDE FÜNFTE

Gordie entdeckte ihn zwischen der vierten und fünften Stunde. »Hab dich vermisst«, sagte sie und schob ihn in die unbenutzte Lehrertoilette im zweiten Stock.

Er zog ihr eilig das Shirt aus und die zwei drängten sich in eine der Kabinen ganz hinten. Sie blies ihm einen, wie wenn sie das jeden Tag täten, dann schob sie sich seine Finger rein und machte weiter. Gordie lachte und sagte, während er sie am Hals küsste, seine Haare würden kitzeln. Als sie fertig waren, räkelte sie sich vor Wonne in seinen Armen und bezeichnete ihn als hübsch.

»Ja, ja, ja«, sagte er mit einem Lächeln. »Geh in deine Klasse, du Verbrecherin.«

August sah ihr nach, als sie ging, dann wischte er sich die Hand an seiner Jeans ab.

ZERKNÜLLEN UND ZERREISSEN

»Wo warst du, Mann?«

»Nirgendwo. Hab nur ein paar Dinge geklärt.« August hörte sie, bevor er sie sah. Jacks Freunde hatten ihn mit dem Rücken gegen die Spinde gedrängt.

»Machst du in der Saisonpause beim Langlauf mit?«

»Nein, geht nicht. Ich hab zu tun.«

»Aber der Trainer braucht dich, Mann! Wir müssen zwischen den Spielzeiten in Form bleiben.«

Jack schaute kurz hoch und entdeckte August, ehe der sich um die Ecke zurückziehen konnte. Jack fixierte ihn und sagte: »Ich werde die nächste Saison nicht da sein. Also brauch ich diesmal keinen Langlauf. Und jetzt muss ich los.« Er drängte sich zwischen den Ex-Mannschaftskameraden hindurch und ging den Flur entlang.

»Was soll das heißen? Spielst du nächste Saison nicht?«, fragte August, als Jack an ihm vorbeikam.

»Ich will nicht darüber reden. Lass uns gehen.«

BASILIKUM

Er beschloss, nach der Schule bei Jack vorbeizuschauen und ihm etwas zu kochen. August konnte nicht viel – nur einfache Sachen wie ein Chili-Gericht, Grillkäse oder so was. Aber Jack brauchte wenigstens eine warme Mahlzeit. Seine Eltern waren seit Wochen nicht mehr zu Hause gewesen. Das letzte Mal war noch vor Weihnachten gewesen. Ihre Post stapelte sich so hoch unter dem Briefschlitz, dass August kurz überlegte, alles in einen Müllsack zu stopfen und ihnen ins Schlafzimmer zu werfen. Es machte ihn echt wütend.

Da stand er also und versuchte, nach Packungsanweisung eine Lasagne zu machen.

Jack kam in die Küche, lehnte sich gegen den Türrahmen und betrachtete ihn schweigend. August warf ihm einen Blick über die Schulter zu, doch keiner sagte etwas. Er spürte, wie Jack ihn beobachtete, als er die Nudelblätter in eine Schale legte, Soße darüber goss, dann die nächste Schicht legte, geriebenen Käse verteilte und das Ganze so lange zurechtrückte, bis er zufrieden war. Schließlich schob er die Schale in den Ofen.

»Ich wünschte, du könntest hier bei mir wohnen.« Es war fast ein Flüstern.

August wusch sich die Hände im Spülstein und trocknete sie kurz mit einem Geschirrtuch ab. »Geht nicht. Du weißt, dass das nicht geht. Meine Mom, sie ...«

»Ich weiß. War nur eine Wunschvorstellung, August.« Jack löste sich endlich von der Tür. Er setzte sich an den Küchentisch und stützte den Kopf in die Hände. »Wieso kommen sie nicht zurück?«

»Keine Ahnung. Du musst aufhören, drüber nachzudenken«, sagte August bestimmt. »Du machst dich nur selber fertig. Nach dem Essen fahren wir zum Fluss.«

August ging aus der Küche, sodass für Widerspruch kein Raum war.

VASALL

Bevor sie den Fluss erreichten, schob Jack seine Hand in Augusts. Er tat es, ohne zu fragen. Mit Selbstvertrauen. Wie wenn sie dort hingehörte. August wurde – erst willfährig, dann unter wildem Protest – von Jack ins Wasser gezogen. Mit allem, was sie anhatten, hinein in die noch brausende Flut. Das Wasser so kalt, dass es fast Eis war.

Jack zog ihn bis fast auf Brusthöhe rein, dann legte er seinen Kopf an Augusts Hals. »Was würdest du für mich tun?«

August zitterte, während er über eine Antwort nachdachte. »Keine Ahnung. Alles wahrscheinlich.«

»Meinst du das ernsthaft?« Er sagte es nicht zärtlich. Es klang wie eine Drohung.

Jack, der Augusts Schweigen als ein Nein verstand, grub seine Finger in Augusts Fleisch. August keuchte vor Schmerz, entzog sich ihm aber nicht.

»Komm schon. Lass uns aus dem Wasser gehen«, sagte August behutsam. »Lass uns nach Hause fahren.«

BLUTEN

Etliche Leute waren am Montag in der Mittagspause nicht da. Deshalb saß August mit Alex und Jack allein am Tisch. Jack war stillschweigend in ihre Freundesgruppe emigriert, nachdem er die Rugby-Mannschaft verlassen hatte. Alex lernte für ihren Schulabschluss und hatte ihre Unterlagen überall weit ausgebreitet. August stieß ihr Notizbuch vom Tablett.

»Hey!«

August ignorierte sie. »Weißt du, wo Daliah ist? Ich hab sie schon seit den Ferien nicht mehr gesehen.«

»Wieso sollte ich dir das sagen? Du bist unhöflich.« Alex schniefte, als sie ihre Unterlagen schützend zu sich heranzog.

»Los, sag's ihm oder ich kipp dir Saft über deine Notizen«, sagte Jack drohend, ohne von seinen Ravioli aufzusehen.

»Igitt. Ihr beide. Ich weiß gar nicht, wieso ich auch nur ...« Alex schüttelte den Kopf. »Sie haben Daliah wegen Drogenhandel verhaftet. Ich bezweifle, dass du sie jemals wiedersehen wirst. Bei so was schlagen sie echt hart zu. Besser, du nimmst das als ernst zu nehmende Warnung.«

Jack starrte August an und hob in stiller Zustimmung eine Augenbraue. August stöhnte theatralisch und sackte in seinem Stuhl zusammen.

GÜLLEN

Nicht mal zwei Schulstunden später wurde August ins Sekretariat gerufen. Er setzte sich nervös auf einen Stuhl mit abblätternder gelber Farbe und wartete.

Der Direktor starrte ihn ein paar Minuten lang an und schätzte ihn schweigend ab. Er war ein Veteran der Marine: riesig groß, mit Schnurrbart und nicht gerade bekannt für seine Geduld oder Nachsicht. Als er glaubte, dass genug Zeit verstrichen sei, um jemandem ausreichend Angst einzujagen vor lauter Ungewissheit, warf er eine Plastiktüte auf seinen Schreibtisch. »Weißt du irgendwas darüber?«

»Nein.«

Der Direktor wirkte nicht sehr beeindruckt.

»Jason Rogers hat gesagt, er hätte das hier von dir gekauft. Du kannst behaupten, was immer du willst, die Polizei wird deinen Spind durchsuchen. Und wenn wir was finden, dann gibt es Konsequenzen.«

August hatte das Gefühl, als ob ihm jemand kaltes Wasser in gerader Linie über das Rückgrat gießen würde. Es konnte eigentlich nichts dort sein. Er hatte keinen Nachschub mehr bekommen, seit Daliah in die Winterferien gegangen war. Doch was, wenn sie noch Spuren fanden oder irgendwas war danebengerutscht? Nein, es konnte nichts dort sein. Er benutzte seinen Vorrat nie selbst. Öffnete nie die Päckchen. Bei der Hälfte der Sachen hatte er nicht mal gewusst, was es war.

August saß wie gelähmt vor Angst da, während ihn der Direktor lüstern anstarrte. Das Blut pochte in seinen Ohren zum Ticken der Uhr an der Wand. Gerade als die Angst so groß wurde, dass er

178

glaubte, er würde jeden Moment anfangen am ganzen Körper zu zittern, streckte ein Polizeibeamter seinen Kopf zur Tür rein.

»Er ist sauber.«

Der Direktor schob die Hände über dem Schreibtisch zusammen und sagte: »Verschwinde aus meinem Büro.«

BRENNEN

August verließ das Büro, lief die Treppe hinunter und mit eiligem Schritt aus der Tür. Er konnte an diesem Tag einfach nicht weiter in der Schule bleiben. Und wie immer landete er im Wald. In Windeseile sammelte er Äste und suchte in seiner Jacke nach einem Streichholzheftchen. Als der Haufen endlich brannte, schüttelte er den Rucksack von den Schultern und legte sich zusammengerollt neben das Feuer.

Vielleicht ein bisschen zu dicht.

Asche legte sich auf sein Gesicht und die Haare.

Die Spannung in Nacken und Schultern war heftig, die Muskeln hatten sich verhärtet vor Angst. Er war so entnervt, dass er hätte heulen können. August schaute in die Flammen und zwang sich, nicht mehr zu zittern. Das hier war das Einzige, was funktionierte. Zigaretten reichten nicht mehr. Klar waren sie leichter zu transportieren, aber ihre Wirkung ging nicht so schnell.

Er wünschte sich, das Gefühl mit Jack teilen zu können. Er wusste nicht mal, wie er es nennen sollte. Dieses schmelzende, auftauende, beruhigende Brennen.

TU'S NICHT

»Ich hab's dir gesagt, August. Ich hab's dir gesagt.«

August schnippte Glut in den Aschenbecher neben Rinas Couch und starrte die Wand an. Er hatte gedacht, er könne sich einer Lektion entziehen, nachdem seine Mom keinen Anruf von der Schule bekommen hatte, doch er hätte es besser wissen müssen.

Jack betrachtete ihn vom anderen Ende des Zimmers mit einem finsteren Blick. »Du kannst nicht ewig darauf vertrauen, was die Leute in dir sehen. Irgendwann werden sie anfangen, hinter deine Fassade aus schicken Klamotten und Reinlichkeit zu schauen, und merken, was du wirklich bist. Du kannst von Glück reden, dass du diesmal noch davongekommen bist. Aber das war pures Glück. Und darauf kannst du nicht bauen.«

Rina beobachtete sie neugierig von der Küche aus, wo sie im Bademantel stand und sich Tee eingoss. Sie unterbrach die zwei nie, wenn sie so drauf waren.

»Und wie bin ich wirklich, Jack?«, keifte August zurück, sich voll bewusst, dass er den Haken geschluckt hatte. Doch er war über den Punkt hinaus, dass es ihm etwas ausmachte. Er hatte gerade einen großen Teil seines Familieneinkommens verloren und war nicht in der Stimmung, sich zur Schnecke machen zu lassen.

Jack seufzte laut vor Ärger. »Du bist einfach ... verdammte Scheiße, August. Du weißt genau, was ich meine.« Er gestikulierte wild. »Äußerlich bist du irgendwie makellos und akkurat und ... früher hast du dir sogar wöchentlich die Haare schneiden lassen, Scheiße, Mann! Aber tief im Innern, da bist du ... das ist ... ich meine, das ist einfach nicht dasselbe. Das Ordentliche ist nicht vorhanden. Also, bei mir kannst du wenigstens gleich schon von außen sehen, dass ich ein Idiot bin. Zumindest ist es keine große Überraschung. Aber du bist kompliziert ... Du handelst, als wenn ständig irgendwas in deinen Fingern kribbeln würde, das aus dir raus will.«

August starrte ihn nur an.

»Etwas Böses«, beendete Jack seine Ausführung und wirkte total fix und fertig.

Schweigen machte sich breit. Dann drückte August die Zigarette aus, stand auf und zog die Jacke hoch.

»Nein! Nein, warte, ich hab das nicht so gemeint. Ich wollte doch nur ...« Jack streckte die Hand au, um ihn zurückzuhalten, aber August schüttelte ihn ab und marschierte zur Tür.

»August.«

August blieb stehen, die Hand bereits auf dem Türknauf.

»Ich hab das nicht so ... ich, ich ... bitte geh nicht. Bitte.«

August schloss leise hinter sich die Tür.

PATT

Sie sprachen eine Woche lang nicht miteinander. Es gab so vieles, worüber August sauer war. Er konnte einfach nicht reden. Jack kam immer seltener zum Unterricht und verschwand am Mittwoch ganz vom Radar.

August versuchte krampfhaft, Gleichgültigkeit zu demonstrieren.

Er hatte jede Menge ablenkenden Sex mit Gordie, die sich anscheinend auch unbedingt ablenken musste. So wirkte es jedenfalls. Die übrige Zeit verbrachte er einfach mit Schlafen.

Doch dann kam der Samstag. Der Samstag war anders. Er spürte das Prickeln unter der Haut. Was, wenn Jack nichts aß? Nicht schlief? Was, wenn er tot war? Es war so leicht, sich schreckliche Dinge vorzustellen. Er konnte nur Ruhe finden, wenn er hinging …

Nach ein paar Stunden Schmoren zog August die Jacke über und sprang auf sein Rad.

MEIN KÖNIGREICH FÜR EIN PFERD

August zerrte sein Fahrrad über den Rasen, angelte den Schlüssel aus der Blumenschale und ließ sich in das Haus von Jack rein. Alle Lichter waren aus. Er ging durchs Wohnzimmer und dann nach oben, um Jack zu suchen – aber niemand war da.

»In der Küche.« Jack wartete auf ihn. Allein, im Dunkel sitzend, mit einem Becher Kaffee vor sich auf dem Tisch. Einen Moment lang sah er August an, dann machte er ihm ein Zeichen, sich hinzusetzen. »So. Du bist wieder da.«

August setzte sich auf den Stuhl. »Ich war nie weg.«

»Das ist nicht ganz richtig«, antwortete Jack scharf. Er klopfte vor Erregung mit den Fingern im schnellen Takt gegen den Becher, sagte aber nichts weiter.

August starrte auf den Tisch hinab. Seine Kehle schwoll von irgendwas an. Verlegenheit? Nein. Es war Scham. Er spürte, wie seine Wangen heiß wurden.

»Komm her«, sagte Jack.

August stand auf und ging zu ihm.

»Auf den Boden«, korrigierte ihn Jack. »Ich werde nicht zu dir aufsehen. Auf die Knie.«

August sank langsam nach unten, bis die Knie das Linoleum berührten. Er schloss die Augen.

Jack sah ihn an. August spürte es. »Das ist dein Spiel, August. *Du* warst es, der darum gebeten hat. Und wir sind noch nicht fertig mit Spielen, weil du nicht gesagt hast: Stopp.« Jack war jetzt ganz dicht bei ihm. Sein Atem jagte über Augusts Augenlider und ließ ihn zittern. »Tut mir leid, dass ich dich wütend gemacht habe. Aber lauf nie wieder vor mir weg. Du solltest deinen König nicht verlassen.

Das ist ... unehrenhaft. Unritterlich. Feige. Du kannst mich nicht loswerden«, zischte der Wicker-King.

Und er hatte recht. August konnte ihn nicht loswerden.

»Tut es dir leid?«

Er nickte. Es tat ihm leid.

Jack schob sich von seinem Stuhl und kniete sich vor ihn auf den Boden, doch es schien nicht mehr richtig, auf der gleichen Ebene zu sein. August spürte, wie er sich tiefer und tiefer nach unten beugte, bis seine Stirn den Boden berührte.

JUNGE

Augusts Tasche hatte in Chemie ständig gesummt. Er hatte noch keine Gelegenheit gehabt, auf sein Handy zu schauen. Doch er ging davon aus, dass es Gordie war.

Alex hatte ihm zuvor erzählt, dass Gordie wahrscheinlich wieder fragen würde, ob sie nicht miteinander gehen könnten. Sie fand, alles lief doch sehr gut, und wollte, dass er sich zu einer Beziehung bekannte.

Und es stimmte ja, es lief gut zwischen ihnen ... auf bestimmte Weise. Sie stritten sich nicht – was ein Wunder war – und er hatte sie wirklich gern um sich. Doch die Vorstellung, wieder mit Gordie zusammen zu sein, machte ihm Angst. Es würde besser sein, auf Abstand zu gehen, anstatt die alte Beziehung aufleben zu lassen.

Sie hatte einen besseren Jungen verdient als ihn. Jemanden, der wirklich Zeit hatte, sich mit ihr zu treffen, statt sie ständig wegen Jack beiseitezuschieben.

Und August musste sich um Jack kümmern. Das war absolut unabdingbar.

Als die Schulglocke läutete, zog er sein Handy heraus und beantwortete, was immer ganz oben als Nachricht stand, ohne überhaupt einen Blick drauf zu werfen:

Wir müssen reden. 12.00 hinter der Turnhalle

EXTRATROCKEN

»Ich denke, wir sollten uns nicht weiter treffen«, sagte August unverblümt. Er hatte keinen Nerv, lange um den Brei herumzureden. Er war in der letzten Zeit zu müde für so was.

Gordie zog die Augenbrauen zusammen. »Wieso?«

»Ich weiß, du magst mich. Ich meine, du magst mich wirklich«, meinte August. »Und das tut mir leid. Das solltest du wirklich nicht.«

»Wieso?«, fragte sie leise. »Wieso nicht?«

August schaute nach unten ins Gras. Er wusste nicht, wie er die Frage beantworten sollte. »Ich wollte dir nichts vorgaukeln. Ich wusste nicht, dass du wirklich an einer festen Beziehung interessiert bist. Alex hat mir erst gesagt, was du fühlst. Ich kann das aber im Moment nicht. Tut mir leid.«

»Du bist so ein Arschloch, August. Du weißt haargenau, wieso ich mich nicht in dich verlieben sollte. Du erstickst fast an deiner Scheinheiligkeit, da kannst du natürlich gar nicht zugeben, dass du mich nie wirklich gemocht oder überhaupt gewollt hast.«

»Gordie, ich hab dich wirklich gemocht. Ich mag dich auch immer noch …«

Gordie lachte, böse und voller Wut. »Und weißt du, was das Beste an der Sache ist? Ich hab immer gewusst, dass du so bist, doch ich hab dich trotzdem geliebt. Ich hab gedacht: Vielleicht kannst du ihm ja das geben, was er braucht, obwohl ich nicht die bin, die er wirklich will, aber …«

August hörte nicht mehr zu. Was meinte sie überhaupt damit? Es gab kein anderes Mädchen, das er wollte. Er war viel zu beschäftigt, um an so was auch nur zu denken.

»Und du hattest nicht mal so viel Anstand, mir wie ein Mann gegenüberzutreten und zuzugeben, dass du mich bloß benutzt hast.«

August rieb sich mit der Hand die Stirn. »Tut mir leid. Ich bin nur gerade sehr müde, okay? Wir können ja trotzdem weiter Freunde bleiben.«

Gordie schüttelte den Kopf und wich zurück. »Nein. Nein, das können wir nicht.« Sie schlug ihn nicht mal zum Abschied.

NACHSITZ-BELEG

Schüler: _August Bateman_ Klasse: _12_

wurde mit Nachsitzen bestraft:

Tag(e): _17.01.03_ Uhrzeit: _14:30_ Raum: _105B_

Begründung: _Schlafen während des_
Unterrichts. Auf die Aufforderung sich
grade hinzusetzen, zeigte er der Strafe
Finger!

☐ Erschienen   ☒ Nicht erschienen

(Unterschrift)

FINGERKLATSCHEN

Jack sah ihn an und grinste böse.

»Schlag das nächste Mal nicht so fest«, beklagte sich August.

»Versprechen gebe ich nicht.« Jacks Hand zuckte und August schwankte, doch er wich nicht zurück.

»Fühlt sich an wie so eine schreckliche Vertrauensübung.«

»Das sagst du nur, weil du schlecht bist bei diesem Spiel. Außerdem ist es nicht meine Schuld. Wenn du die Hand rechtzeitig zurückgezogen hättest, hätt dich der Schlag nicht getroffen.«

August verdrehte theatralisch die Augen und Jack nutzte die Gelegenheit, seine Hände unter Augusts Handballen wegzuziehen und ihm auf die Oberseiten zu schlagen. Sehr fest.

»Autsch. Heilige Scheiße, verdammt.«

»Unnnnnd fünf von fünf Punkten. Gewonnen!«, sagte Jack süffisant.

August stöhnte und warf die Hände in die Luft. »Ja, gut. Ist gut. Ich zahl ja, aber nächstes Mal spielen wir Schere, Stein, Papier statt Fingerklatschen, wenn es drum geht, wer bezahlt, das schwör ich dir. Ist nämlich nicht fair, dass ich fürs Eis zahlen muss und auch noch blaue Flecken kriege.«

»Ja, ja, ja. Los, mach schon, Vasall.« Jack klatschte August ärgerlich auf die Schulter, während der nach seinem Portemonnaie kramte.

MILCH

Zuzusehen, wie Jack Eis aß, gehörte wirklich nicht zu Augusts Lieblingsbeschäftigungen. Es war einfach nur schrecklich, aber wenn man einmal angefangen hatte, konnte man den Blick nicht mehr von dem Chaos wenden. Jack saugte an dem Kaugummi-Eis rum, das ihm über die Finger lief. Er folgte der Spur den ganzen Arm entlang und leckte sie schamlos auf. Er hatte sein Eis in einer Waffel bestellt.

August verstand nicht, wieso jemand das tat. Er selber löffelte sein Eis aus einem Becher und konzentrierte sich darauf, mürrisch zu gucken.

»Du wirkst glücklicher als sonst«, sagte Jack.

»Ich runzle bewusst die Stirn, Jack.«

»Ffft, als ob das was zu bedeuten hat. Du runzelst dauernd die Stirn. Doch normalerweise hast du zusätzlich noch diese Zornesfalte zwischen den Augenbrauen, aber heute ist sie weg. Was hast du gemacht?«

»Hab mich von Gordie getrennt.«

Jack schaute viel zu begeistert bei dieser Nachricht.

»Was?«

»Nichts, gar nichts. Ich bin stolz auf dich, Mann. Sie hat was Besseres verdient.« Jack umschloss das ganze Eis mit dem Mund und saugte fest dran rum.

August zog ein Gesicht und schaute weg. »Ja, das stimmt.«

GOTT

Sie verbrachten jetzt all ihre Nachmittage bei Rina. Gewöhnlich kamen sie mit einem Snack oder Abendessen vorbei und machten sich danach auf dem Teppich breit, um ihre Hausaufgaben zu erledigen. Rinas Wohnung war ziemlich genial. Sie hatte nicht diese dumpfe Leere wie Jacks Haus oder dieses Gefühl von leiser elterlicher Überwachung wie das deutlich kleinere Zuhause von August. Und in keinem der beiden gab es ein hübsches Mädchen, das ständig überall rumhantierte.

August schaute von seinen Geschichts-Notizen auf und sah zu, wie Rina sich nach unten beugte, um irgendwelche Macken von ihren goldenen High Heels zu reiben.

Er spürte, wie Jack ihn beim Schauen beobachtete, deshalb drehte er sich um und wollte gerade die Augenbraue hochziehen. Doch als er zu Jack hinsah, blickte der in sein Buch.

»Hey, Jack?«

Jack blickte erschrocken auf.

»Wo sind wir gerade?«, fragte August.

»Wir sind ... auf einem Berg. Es ist windig hier oben, aber ich spüre es nicht. Ich sehe nur, wie der Wind durchs Gras weht.«

»Meine Wohnung ist auf einem Berg?« Rina streckte ihren Kopf aus der Küche, um an dem Gespräch teilzunehmen.

»Das könnte man so sagen«, meinte Jack ironisch.

»Und was gibt es noch da draußen?«

»Schafe«, antwortete Jack sofort. »Oder zumindest sehen sie so aus, als ob man sie zu den Schafen rechnen könnte. Haben nur zu viele Hörner.«

»Heilige Scheiße.« Rina schaute entsetzt. »Wie kommst du bloß zurecht?«

Jack zupfte am Teppich.

»Du musst das nicht beantworten, wenn du nicht willst«, sagte August sanft.

Jack zuckte mit den Schultern. »Nein, ist schon okay. Das einzig Konstante sind inzwischen Menschen. Ich beobachte bloß, wie sie sich alle durch den Raum bewegen, und folge ihnen. Und ich hatte mindestens drei Monate, um mich zu orientieren. Ist nicht so schlimm, wie es scheint. Und wenn das scheitert, folge ich einfach ihm.« Er deutete auf August.

August sah ihn nicht an.

NICHTS ÜBRIG

Jack wollte früh zu Bett gehen, deshalb verabschiedeten sie sich von Rina. Er lief eilig die Treppe hinunter, während August noch mal an der Tür stehen blieb.

»Hey, komische Frage, aber ... wieso lässt du eigentlich zu, dass wir hier sind?«

Rina verschränkte die Arme und lehnte sich an den Rahmen.

»Wieso ist das wichtig? Ihr seid einfach hier und ich sag nicht Nein.«

August lachte, rieb sich jedoch verlegen den Nacken. »Ich weiß, ich weiß. Aber mal ernsthaft. Ich hab noch nie ... Gewöhnlich sind die Menschen nicht so offen. Oder tun was für ... uns.«

Rina schwang auf den Fersen vor und zurück und runzelte die Stirn. Sie sah ihn nicht an.

»Würdest du es als Schwäche verstehen, wenn ich sage, ich fühl mich ganz einfach einsam? Ist schwer, Freunde zu finden, wenn du aus der Schule raus bist«, gab sie zu.

»Das ist doch keine Schwäche«, sagte August entschieden.

Er schwieg und schaute über die Schulter, um nach Jack zu sehen, dann umarmte er Rina schnell.

»Ist überhaupt keine Schwäche. Meine Mom hat mir mal gesagt, Alleinsein gibt dir das Gefühl, jeden Tag schwächer zu werden, auch wenn du das gar nicht bist. Aber es ist nicht so schlimm, wenn du mit andern zusammen bist, die auch allein sind. Wir können einander aufrecht halten, so wie die Karten von einem Kartenhaus.«

»Klingt, als wär deine Mom echt klug«, murmelte Rina in den Aufschlag seiner Jacke.

»Ja«, antwortete August. »Sie ist die Beste.«

FÜNFUNDZWANZIG ZENTIMETER

August, Roger und Peter hatten zusammen Geometrie. In den letzten Wochen hatten sie sich nahezu unbemerkt Stück für Stück von ihren angestammten Plätzen wegbewegt, bis Roger direkt vor August saß und Peter links daneben an der Wand.

Sie schrieben sich Zettel. Wie zu erwarten, konnte Jack es nicht leiden, wenn er öffentlich zum Thema gemacht wurde, was August unklugerweise einmal getan hatte. Doch jetzt, da sie alle beim Mittagessen in der Schulkantine zusammenhockten und er nachmittags ständig beschäftigt war, musste August irgendwie eine Möglichkeit finden, die Zwillinge auf dem Laufenden zu halten, wenn Jack nicht dabei war. Das schien so ganz gut zu klappen.

Rogers Hauptsorge war im Moment, sicherzustellen, dass alles gut lief, während Peter mehr an dem Fortschritt der Prophezeiung interessiert war.

Ich bin vor allem neugierig, wie die Vollendung der Quest seinen aktuellen Zustand beeinflussen wird. Ich frage mich, ob es ihm danach besser oder schlechter gehen wird.

August warf ihm einen bösen Blick zu und schrieb zurück: *Jack ist kein Experiment. Hör auf, so über ihn zu reden.*

Peters Antwort lautete: *Spiel nicht immer gleich die beleidigte Leberwurst.*

Ehe August allen Unflat über ihn ausschütten konnte, schnappte ihm Roger den Zettel vom Tisch. »Ignorier ihn einfach«, sagte er. »Du machst das gut.«

WÄCHTER

August war auf dem Weg in die Schulbibliothek. Er musste ein paar Bücher zurückgeben. Er hatte angefangen, Märchenbücher für Rina auszuleihen, nachdem die Sammlung in ihrer Bücherei erschöpft war. Zu seiner Überraschung sah er plötzlich, dass hinten in dem Saal Gordie und Carrie-Anne zusammenhockten und sich angeregt unterhielten.

Die beiden waren nie Freundinnen gewesen. Das war ... erschreckend.

Früher hatte Gordie immer mit August über Carrie-Anne hergezogen, jetzt plötzlich schien sie total fasziniert von was immer Carrie-Anne ihr erzählte, gerade so, als ob die zwei schon seit Jahren beste Freundinnen wären. Und dann sah Gordie auf einmal, wie er herüberstarrte. Sie sagte etwas und Carrie-Anne drehte sich um und schaute auch.

August winkte und lächelte – mehr aus Reflex.

Gordie winkte nicht zurück. Carrie-Anne sah ihn mit zusammengekniffenen Brauen an und wandte sich wieder ab. Was immer Carrie-Anne als Nächstes sagte, es brachte Gordie zum Lachen. Und danach grinste Gordie ihn offen feindselig an, als wenn sie etwas wüsste, was ihm nicht bekannt war. August warf seine Bücher auf die Ausgabetheke, scannte seinen Ausweis und verschwand so schnell wie möglich.

EIN HERZ UND EINE SEELE

»Es war unheimlich«, sagte August und lehnte den Kopf nach hinten gegen die Couch.

Rina schnalzte missbilligend mit der Zunge und fuhr sich weiter mit den Fingern durch die Haare.

»Ich meine, normalerweise würde sich Carrie-Anne nie mit jemandem wie Gordie abgeben. Sie sind die absoluten Gegensätze. Die einzige Gemeinsamkeit ist, dass sie mich beide hassen.«

»Und Gordie war deine ... sagen wir Freundin, in Ermangelung eines passenderen Worts. Und Carrie-Anne die Freundin von Jack.«

August überlegte einen Moment. »Hm, ja. Das macht mich nicht gerade optimistisch, was die neue auf Hass basierende Freundschaft der beiden angeht.«

Rina zog seine Schultern zwischen ihre Knie. »Du tust Mädchen nicht gut, August. Du bist so schön, klug und wahnsinnig geheimnisvoll, aber dich interessiert einfach null, außer ein paar sehr spezielle Menschen. Und darunter ist aktuell keine Frau. Manchmal lassen sich Mädchen einfach gern über Typen aus, mit denen sie mal zusammen waren. Besonders dann, wenn sie sich irgendwie beleidigt fühlen. Gönn ihnen doch, Dampf abzulassen und dabei ihren Spaß zu haben. Ich wär auch sauer.«

»Du findest, ich bin schön?«, fragte August mit einem Grinsen. Er versuchte, sich zu drehen und sie anzuschauen, aber Rina nahm seinen Kopf und bedeckte seine Augen.

»Igitt. Wenn dein Kopf noch weiter anschwillt, passt du durch keine Tür mehr. Hör auf, zu lächeln, sanam, und stell den Kessel ab. Der Tee müsste fertig sein.«

Sein Herz pochte und schwoll an.

CICERO

Jack kam ungefähr eine halbe Stunde später. Er stolperte förmlich über die Türschwelle, fing sich jedoch und lief weiter. Langsam bekam er überall blaue Flecken, weil er ständig gegen Dinge stieß, die er nicht sah.

Er machte sich nicht die Mühe, die blauen Flecken zu kaschieren. Es war ihm egal.

»Oh, Mann, ihr glaubt nicht, was ich heute für einen Tag hatte. Ich will einfach nur noch schlafen«, sagte Jack und warf den Rucksack neben die Couch. Dann streifte er die Chucks von den Füßen, sank auf den Boden und rollte sich neben den Knien von August zusammen.

»Am liebsten würde ich jetzt Kartoffelbrei essen und massiert werden.« Er zog eine Schnute.

»Jeder hat irgendwelche Wünsche«, sagte August abwesend. Er hatte beschlossen, Jack nichts von Gordie und Carrie-Anne zu erzählen. Es gab schon genug, worüber er sich Sorgen machte.

»Du siehst dünner aus«, sagte Jack plötzlich.

August zuckte mit den Schultern.

»Du musst essen.«

»Tu ich ja. Bin nur total gestresst. Mach dir deswegen keine Gedanken.«

DUNKELHEIT

Rina kam spät von der Arbeit zurück. Sie schloss ganz leise die Tür. August betrachtete wortlos ihre Silhouette im gelben Licht des Flurs. Sie hängte ihre Tasche und ihre Jacke in den Garderobenschrank und kickte ihre glitzernden High Heels von den Füßen.

Jack atmete leise im Schlaf.

Rina drehte sich um und sah August, wie er mit verschränkten Beinen dasaß. Sie tappte über den Teppich.

Rina und August sahen sich an.

Jack wimmerte und fing an aufzuwachen. August zog ihn instinktiv näher zu sich heran. Er löste dabei nicht den Blick von ihr, wie um sie aufzufordern, nichts zu sagen. Rina neigte nachdenklich den Kopf zur Seite und betrachtete die beiden. Dann, nach einer Weile, so als wenn sie einen großen Entschluss gefasst hätte, beugte sie sich hinab und küsste Jack leicht auf die Wange. August beobachtete sie und in seinem Kopf entstand ein Rauschen.

Dann richtete Rina sich auf und küsste auch ihn. Nicht auf die Wange, wie Jack, sondern so richtig. Gierig. Und ihre Finger tauchten in seine Haare, um ihn zu halten.

Schließlich riss sie sich von ihm los, ging in ihr Zimmer und schloss die Tür.

CREME

»Und, gefällt sie dir?«

»Ja, sie versteht mich irgendwie. Wie du von Anfang an gesagt hast.«

»Oh. Hmm ...«

»Was? Wolltest du das nicht immer?«

»Ja, klar ... Gehst du jetzt mit ihr?«

August zuckte mit den Schultern. »Wenn sie will.«

»Und willst du es?«

»Willst *du* es?«, fragte August zurück und lachte vor sich hin, während er weiter Muffins mit Guss überzog. Er hatte das spaßhaft gemeint. Er merkte nicht, dass Jack zusammenzuckte wie von einem Schlag. Mit dem Rücken zu seinem König, breit und verletzlich.

»Tu, was du willst. Du weißt, wem du gehörst.« Wenn der Ausdruck in seinem Gesicht irgendetwas zu sagen hatte, bereute Jack seine Worte schon in dem Moment, als sie aus seinem Mund kamen.

August legte den Spatel zur Seite, drehte sich halb um und sah ihn an. Er lächelte, wie immer nachsichtig, selbst angesichts der Launenhaftigkeit von Jack. »Ja, ich weiß.«

FAIR

Sie fielen übereinander her.

Vor fünf Monaten wäre er wahrscheinlich viel zu nervös gewesen und hätte es sich noch mal anders überlegt. Aber jetzt gab es nur eins, woran August denken konnte: an das Rot auf den Lippen und den feinen Schwung ihres Halses. Für etwas anderes war in ihm kein Platz.

Rina Medina, Königin der Wüste. Königin des Raums zwischen Spülhänden und Louboutins.

Er fickte sie hart.

Sie verlangte nicht nach mehr.

Es war komisch, aber es gab ihm das Gefühl, ihr etwas schenken zu wollen. Es gab ihm das Gefühl, sie mit Brillanten überhäufen zu wollen. Es gab ihm das Gefühl, arbeiten zu wollen, bis er so viel besaß, dass er sie in einen Palast setzen konnte. Es gab ihm das Gefühl, sie stehlen zu wollen wie ein unbezahlbares Kunstwerk. Es gab ihm das Gefühl, egoistisch sein zu wollen.

Er wollte nie wieder diese kleine Bude verlassen, die sie ihr Zuhause nannte.

LAKEN

Rina lag neben ihm, während er rauchte und aus dem Fenster starrte.

Sie trommelte nervös mit den Fingern auf seinem Knie.

»Manchmal«, sagte sie, »bekomme ich ein Verlangen nach etwas. Nach etwas, das teuer ist oder schwer zu kriegen. Zum Beispiel Trüffel. Wenn ich die nicht kriege, versuche ich es mit dem Zweitbesten. M&Ms, Snickers. Was auch immer. Doch egal wie viele ich davon esse, sie schmecken nie wirklich ...« Rina schaute zu ihm hinüber. »Es macht mir nichts aus, das für dich zu sein.«

»Das bist du nicht. Ich weiß überhaupt nicht, was du meinst«, antwortete August. »Ich hab kein Verlangen nach Dingen, die ich mir nicht leisten kann.«

»Du bist ein spitzenmäßiger Lügner, August Bateman. Jeder Millimeter an dir verlangt nach Dingen, die er sich nicht leisten kann ... oder die sich so anfühlen, als ob du sie nicht haben dürftest.«

»Wieso bist du so vage?«, fragte er ungeduldig. »Sag mir einfach, was du mir sagen willst, Rina. Wenn du etwas von mir möchtest, musst du mich einfach nur fragen.«

Sie sah ihn an, als wenn er unsäglich dumm wäre. »Siehst du denn nicht, dass ich genau das zu sagen versuche? Ich will nichts von dir. Hab ich auch nie gewollt. Du warst dabei, ihm das Herz zu brechen. Und das Einzige, was dagegen geholfen hat, war euch zuzusehen, wie ihr miteinander glücklich seid. Ich weiß das und es ist in Ordnung für mich. Ich hab es von Anfang an gewusst. Das ist der ganze Grund, weshalb du hier bist ...«

August verstand jeden Satz für sich allein, aber im Zusammenhang ergaben sie keinen Sinn.

»Wieso verstehst du das nicht?«, fragte sie. »Was ist denn los mit dir?«

Ehe er antworten konnte, rappelte der Türknauf, drehte sich und die Tür schwang auf.

Jack stand in der Tür und füllte sie ungelenk aus. Sein Blick zuckte über sie hinweg, nahm Rina auf, die verwegen zurückstarrte – die Brustwarzen hart, die Haare wirr und dunkel um ihre Schultern. Er warf kurz einen Blick auf das Feuerzeug in Augusts Hand. Jack wirkte erschöpft und so, als ob er jeden Moment fliehen wollte.

»Pssst. Komm her«, sagte August leise. Jack zögerte. »Alles okay.« August rückte zur Seite und machte ihm Platz.

Jack sah nervös zu Rina, während er in ihr Bett kroch. Seine sandblonden Haare standen in alle Richtungen ab. August nahm einen letzten Zug von der Zigarette, dann griff er über Jack hinweg, um sie im Aschenbecher neben dem Bett auszudrücken.

»Alles in Ordnung mit dir? Ist was passiert?«, fragte Rina.

»Nein, ich wollte nur …« Jack wirkte verlegen. »Mein Kopf tut weh.«

»Soll ich dir Aspirin holen?« August wollte schon aufstehen, doch Jack rollte sich näher an ihn und schloss die Augen.

»Nein. Nein. Alles in Ordnung. Geh einfach nicht weg.«

ANSPANNUNG

»Ihr zwei müsst das klären.« Rina erhob sich aus dem Bett und zog ihre Dienstkleidung an.

August seufzte und strich weiter mit der Hand über Jacks Kopf. Jack war eingeschlafen, kurz nachdem er gekommen war.

»Er war schon immer merkwürdig. Das macht mir nichts aus. Ich bin ihm die meiste Zeit meines Lebens gefolgt und hab getan, was er wollte. Das heißt, die Situation ist nichts Neues, selbst mit ... dem Ganzen hier. Ist einfach bloß ein bisschen dramatischer.«

»Du liebst ihn.« Es war nicht als Frage formuliert.

August schaute hinunter auf Jacks schlafendes Gesicht und runzelte die Stirn. »Ich bin für ihn verantwortlich. Und ich bin ihm was schuldig. Zu wissen, dass mit ihm alles okay ist, ist wichtig für mich. Im Moment wichtiger als alles andere.«

»Ich weiß, dass du das sicher nicht hören willst, aber ich glaube, was du tust, ist nicht gesund.«

»Wahrscheinlich nicht«, antwortete August, ließ die Hand aber, wo sie war.

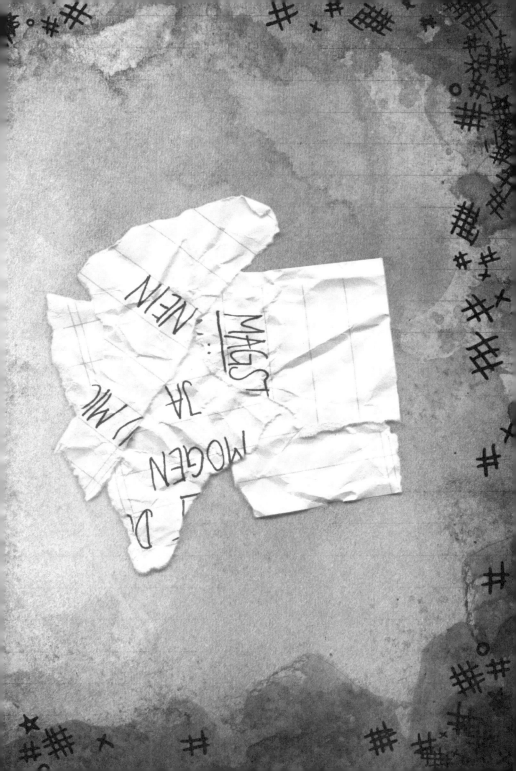

AUSRASTEN

Jack übernachtete bei August. Er hatte zu Hause ein Schulbuch vergessen, also sprang August aufs Fahrrad, um es zu holen. Unterwegs begann es zu regnen.

August ließ sein Rad auf den Rasen fallen und lief zur Haustür. Er suchte in seiner Tasche nach dem Schlüssel, doch plötzlich hielt er inne, streckte schließlich die Hand aus und klopfte.

Jacks Vater öffnete.

August hatte den Mann seit Monaten nicht mehr gesehen. Er sah aus wie Jack, nur älter und gepflegter. Er stand in der Tür, wie wenn er dort hingehörte – als ob er unschuldig wäre – und hielt ein Glas Wein in der Hand.

»Hi, August. Hast du Jack ge...«

August schlug ihm ins Gesicht. Er schleifte Jacks Vater ins Haus, knallte ihn gegen die Tür und zerknüllte den Pullover des älteren Manns in seinen Fäusten. »Wo warst du, du Arschloch?«

»Lass mich los!«

»Er hat auf dich gewartet. Du bist sein Vater. Sein Vater! Es ist deine Pflicht, für ihn da zu sein.«

»Du hast mir nicht zu sagen, wie ich meinen Sohn großziehen soll«, stammelte Jacks Vater. Er hatte die gleichen grauen Augen wie Jack.

August ließ ihn angewidert los, trat zurück und warf die Arme nach vorn. »Ach ja? Und was glaubst du, wer sich die ganze Zeit um ihn gekümmert hat, als du nicht da warst? Das ist Scheiße und das weißt du genau. Was war mit Weihnachten? Weihnachten! Du kannst von Glück reden, dass ich dir nicht den Kopf auf den Bordstein knalle.«

Jacks Vater sackte gegen die Tür und starrte August voller Wut und Entsetzen an. Mit einer Hand hielt er sich die Nase und versuchte vergeblich, das Blut nicht auf sein Hemd tropfen zu lassen. »Verschwinde von meinem Grundstück oder ich rufe die Polizei«, fauchte er.

August war schon auf halber Höhe der Auffahrt. »Morgen früh kommen wir den restlichen Kram von Jack holen.«

HERRSCHER

August war so außer sich, dass er am ganzen Leib zitterte. Er versuchte, sich zu beruhigen, ehe er zu Hause ankam, doch es funktionierte nicht. Immer wieder erinnerte er sich an das blasierte Gesicht von diesem Arschloch. In seinem Kopf pochte noch immer der Zorn und ließ alles vor seinen Augen verschwimmen.

»Dein Dad ist zurück.« August riss die Tür auf. »Du ziehst hier bei mir ein. Dein Zeug holen wir morgen früh.«

Jack sah ruhig zu ihm auf. »Was hast du gemacht?«

»Mein Versprechen erfüllt.«

Jack überlegte einen Moment, was der Satz bedeutete. August wartete. Der Regen tropfte ihm aus den Haaren und den Klamotten und zog in den Teppich ein.

Beide atmeten durch.

Schließlich erhob sich der Wicker King und durchquerte das Zimmer.

August sank vor ihm auf die Knie. Seine Fäuste waren noch immer vor Wut geballt und lagen auf seinen Schenkeln, zu allem bereit. Er biss sich auf die Lippe und wieder wartete er.

Eine Hand strich ihm übers Gesicht und teilte ein wenig die Haare, dann glitt sie am Ohr vorbei und fasste um seinen Kiefer. August wusste nicht, wann er die Augen geschlossen hatte, doch das Dunkel war tief und klar und scharf.

»Gut gemacht.«

Der Satz hallte in seinen Knochen wider, wie von Riesen gesprochen, von Göttern. Nichts konnte die Herrlichkeit der Huld des Wicker King ersetzen – den Frieden der Rückkehr nach der Verteidigung seiner Ehre. Die Sätze, die ihm durch den Kopf gingen, klangen altertümlich, lächerlich und dringlich. Und realer als alles, was er je gekannt hatte.

August neigte den Kopf, um mit seinen Lippen die Hand des Königs zu berühren, ihn noch einmal seiner Loyalität zu versichern. Der Zorn war jetzt vorbei. Er hatte seinen Zweck erfüllt.

»Schau dich an.«

August öffnete die Augen, und was er vor sich sah, war wieder Jack, ein Junge ohne Krone. Er starrte an August hinab mit etwas wie Verwunderung und ein wenig Angst.

KISSEN

Augusts Handy fiel summend vom Nachttisch. Er glitt aus dem Bett und tastete blind umher, um es aufzuheben. Es war eine Nachricht von Roger. August seufzte laut, ließ sich nach hinten fallen und hätte Jack fast den Ellenbogen ins Gesicht gerammt.

**meine Mom ist aus Prag zurück. solltest
vorbeikommen und mit ihr reden.**

hast du ihr was erzählt?

Er schickte die Antwort schnell ab und rieb sich die Augen. Die Vorstellung war ernüchternd.

»Was machst du? Wieso ist es so hell?«, beklagte sich Jack müde und wälzte sich näher in Richtung Wand.

»Roger hat mir 'ne Nachricht geschickt. Er will, dass ich seine Mom treffe, um mit ihr über dich zu sprechen.«

nein. hab ich nicht. hab ich dir doch versprochen.

**solltest trotzdem vorbeikommen. egal. hast in letzter
zeit echt nicht toll ausgesehen. ist nicht gut so was
nur mit sich ausmachen zu müssen**

Jack drehte sich zu August, um mitzukriegen, was lief.

**mach dir wegen mir keine
gedanken, roger**

»Roger macht sich Gedanken um mich«, flüsterte August.

Jack lächelte verschlafen. »Er ist netter, als es scheint.«

»Stimmt.«

überlegs dir.

vermerkt. danke.

MAN WEISS NIE, MEIN LIEBER

Rina setzte sich abrupt auf. »Ich hab dir was gemacht.« Sie rannte in die Küche, stellte eilig den Kessel ab und verschwand in ihrem Zimmer. August stand auf und schenkte Tee in die Becher. Er nahm einen in jede Hand und ließ sich neben der Couch nieder.

Sie kam hereingehuscht und hielt die eine Hand hinter dem Rücken versteckt. »Schließ die Augen.«

Er schloss sie.

Rina nahm ihm die Becher ab und stellte sie ordentlich auf den Boden. Dann platzierte sie ihre Beine außen um seine und setzte sich in seinen Schoß. Er legte ihr die Hände auf die Hüften und öffnete die Augen. Sie drückte ihm eine CD gegen die Wange.

»Ich hab nicht gesagt, dass du sie schon öffnen sollst! Du bist schrecklich, was Anweisungen angeht, August. Pfui. Wie auch immer. Lach nicht. Ich hab dir einen Mix aufgenommen.«

August küsste ihre Knöchel, küsste ihre Stirn, küsste ihre Wange, dann küsste er ihren Mund und rieb lächelnd seine Nase an ihrer. Er zog ihr die CD aus den Fingern und warf sie durchs Zimmer in Richtung Rucksack.

»Danke.«

»Ich wusste nicht, was für Musik du magst, und ich kam mir total klischeehaft und sentimental vor.«

»Wegen meiner Wenigkeit? Laufen wir zwei in den Hafen der Ehe ein?« August schob einen Finger unter ihren BH-Träger und ließ ihn schnacken. Rina kniff ihm in die Seite.

»Halt die Klappe. Was ist dein Lieblingssong?«, fragte sie und zog ihm sein Shirt über den Kopf.

»›Gloria‹ von Patti Smith.«

Rina zog angewidert die Nase kraus.

»Und Jacks?«

August grinste. »You Are My Sunshine««

»Echt? Das ist wirklich komisch«, quiekte sie, weil August seine Finger wie Spinnenbeine seitlich an ihr herabfahren ließ. Als sie lachte und versuchte, ihm die Jeans auszuziehen, fing er an, sie so richtig zu kitzeln.

»Er *ist* komisch. Aber lass uns jetzt nicht über ihn reden.«

VERZWEIFELT GESUCHT

Roger schickte ihm jetzt täglich Nachrichten. Gewöhnlich waren es irgendwelche Formen von *Alles okay?*, aber manchmal schickte er auch Dinge, die August zum Lachen brachten, wie: *Peter hasst Peperoni. Hab Essen gemacht und sie trotzdem reingetan.* Oder kuriose Fragen, zum Beispiel: *Wie haben wir Menschen uns entschieden, dass Klatschen eine gute Möglichkeit ist, anderen mit einem nonverbalen Hinweis Anerkennung zu signalisieren?* Und: *Was ist erschreckender, eine große erschreckende Sache oder viele kleine?*

August selber war längst nicht so komödiantisch und antwortete gewöhnlich ziemlich direkt. Trotzdem machte es Spaß.

»Du bist wahrscheinlich sein erster richtiger Freund, abgesehen von Peter«, meinte Jack.

August schaltete das Handy aus und schob es in seine Tasche. »Na ja, das ist das eine, aber ich denke, er testet mich auch. Er tut es einfach ganz beiläufig.«

Jack zuckte mit den Schultern. »Warum soll das was Schlechtes sein? Solange er nichts sagt, ist alles gut. Was das angeht, bin ich mir ziemlich sicher: Wenn sie irgendwas sagen würden, würde ich wegen schwerer Vernachlässigung oder so von meinen Eltern getrennt werden. Schreib ihm nur weiter.«

»Ja, ja.«

SCHWARZKÖRPERSTRAHLUNG

August saß im Wald, um runterzukommen, als sich ihm plötzlich die Haare im Nacken senkrecht stellten.

»Aha. Das tust du also, wenn ich nicht da bin.«

August bewegte sich ein Stück, um das Feuer zu verbergen, und trat feuchte Erde und Blätter über die Glut. Aber Jack lachte sowieso nur und klatschte ihm auf die Schulter.

»Ist schon okay, echt. Wir haben alle unsere Laster und Geheimnisse. Bist du jetzt unter die Pyromanen gegangen?« Jack lächelte. Es war kein freundliches Lächeln.

»Nein, ich hab nur …«

»Du machst nur jede Woche überall im Wald kleine Feuer? Du bist nicht dezent genug, August. Ich hab's ganz schnell rausgefunden. Ist das deine Form, wie du es aushältst, mit mir und meinem kleinen Problem klarkommen zu müssen?«

»Nein, darum geht …«

»Sei still«, sagte Jack harsch. August schwieg. »Ich … ich kann nicht verstehen, wie du …« Jack hielt sich die Hand vor den Mund, dann verschränkte er die Arme und überlegte, was er sagen sollte.

August konnte ihm nicht in die Augen sehen. Die Last von Jacks Enttäuschung würgte ihn.

»Kannst du wieder damit aufhören?«

»Ich … ich weiß nicht.«

Jack lachte wieder und schüttelte den Kopf. Dann drehte er auf der Hacke um und ging.

FLIEGEN

Jack blieb stehen. Er fuhr mit seiner Hand über Augusts Arm und zog ihn von den Bäumen, die vor ihnen aufragten, zurück.

»Was?«

»Psst. Es hört dich sonst«, flüsterte Jack. August schaute durch den leeren Wald, dann wandte er sich um und beobachtete stattdessen seinen Freund.

Jacks Nägel gruben sich in seine Haut. »Scheiße. *Scheiße.* Es sieht uns. *Lauf.*« Er rannte los und zog August mit.

Sie rasten durch den Wald Richtung Stadt, sprangen über umgestürzte Bäume und wichen Ästen aus. Augusts Arm rutschte aus Jacks Griff, doch er lief weiter, weil Jack eindeutig um sein Leben rannte.

»Beeil dich, August. Ich darf dich nicht verlieren, ich darf nicht ...« Sie waren jetzt auf gleicher Höhe und August konnte zwischen den Bäumen hindurch gerade so eben die Straße erkennen. Er rutschte im Schlamm aus und stürzte heftig.

»Nein!«, brüllte Jack. Er sprang in die Luft und stieß sich von einem der Bäume ab, indem er seinen Arm um den Stamm schlang und sich in einem atemberaubenden Kraftakt um sich selbst drehte. Die Flugbahn ändernd, jagte er auf August zu und zog ihn wieder hoch.

Sie flogen dem Licht entgegen.

Jack stieß einen Schrei aus, als sie endlich aus dem Wald herausbrachen. Schlitternd blieben sie am Straßenrand stehen. August bekam keine Luft mehr. Sein Herz schlug so schnell, dass er das

Gefühl hatte zu sterben. Jack wankte ein paar Meter vor ihm, schaute zum Himmel und keuchte ebenso wie August.

»Verdammt ... was war denn ... was hast du gesehen?!«

Statt zu antworten, schaute Jack auf seine Hand. Er hatte tiefe Kratzer von der Baumrinde. Die Kratzer bluteten jetzt.

»Jack. Scheiße verdammt ... jetzt sag schon ... was ist los?«

»HÄLTST DU MAL BITTE EINE SEKUNDE DEN MUND? Nur eine Sekunde ... bitte.« Jack sank zu Boden, bedeckte die Augen mit seinen Händen und beschmierte sein Gesicht mit Blut. Er zitterte schrecklich.

August kniete sich vor ihn und zog ihn auf die Füße. »Komm. Ich bring dich nach Hause.«

WORRIG

»Es war grauenvoll. Es sah aus wie ein Bison, nur mindestens fünf-
mal größer. Es war halb vergammelt und die Haut hing lose an seinem Körper. Sein Unterkiefer reichte fast bis auf den Boden und es
hing ihm noch Fleisch zwischen den Zähnen. Ich glaube, ich habe
noch nie in meinem ganzen Scheißleben so eine Angst gehabt.«
Jack trank direkt aus der Weinflasche. Als er sie wieder hinstellte,
schnappte sie Rina ihm weg.

»Am schlimmsten war, als es sich plötzlich umdrehte und in
unsere Richtung schaute. Seine Augen waren fast menschlich.
Wie ... du weißt schon, im dritten Buch von ›Der Goldene Kom-
pass‹, wo – ach, vergiss es. Egal, jedenfalls wirkte es irgendwie klug.
Als ob es vielleicht reden könnte, wenn sein Maul nicht ein riesiger,
klaffender Rachen mit rasiermesserscharfen tödlichen Zähnen
gewesen wäre.«

»Dann nehm ich mal an, es war das erste Mal, dass du so eins
gesehen hast«, sagte August nüchtern. Er war immer noch außer
Atem vom spontanen Kilometersprint ohne jegliche Vorwarnung.

Jack starrte ihn an. »Du weißt, was das heißt, oder? Es heißt: Uns
bleibt keine Zeit mehr. Quests haben irgendwann ein Ende, egal ob
gut oder schlecht. Immer.«

August blickte nachdenklich vor sich hin. »Ich frage mich,
was wohl passiert wäre, wenn ich zugelassen hätte, dass es mich
schnappt«, sinnierte er und rieb sich dabei das Kinn.

»Das malen wir uns lieber nicht aus.«

»Wieso?«, beharrte August.

»Weil wir es einfach nicht tun, du unerträgliches Arschloch.«

»Ich meine, eigentlich kann ich doch in deiner Welt nichts

berühren. Dann besteht ja die Möglichkeit, dass es mich auch nicht berühren kann.«

»Und wenn doch? Soll ich dann einfach nur zusehen, wie du bei lebendigem Leib gefressen wirst? Und so ganz die Fähigkeit verlieren, dich zu sehen? Ja?«, fauchte Jack wütend.

August schwieg.

WAHR

August lehnte seine Stirn gegen den Knubbel von Rinas Rückgrat, während sie wütend die Teller spülte.

»Du musst ihn ins Krankenhaus bringen«, flüsterte sie.

»Ich weiß«, antwortete August.

»Ich will nicht mehr für das Ganze verantwortlich sein. Und ich will auch nicht, dass er sich bei mir besäuft, um diesem ganzen Wahnsinn zu entfliehen.«

»Das wird er nicht, versprochen. Er trinkt so gut wie nie. Er hatte einfach nur Angst.«

Rina schoss herum und blitzte ihn an. »Wenn du für ihn verantwortlich bist, dann solltest du auch so verantwortungsvoll sein, das Problem in Ordnung zu bringen. Wenn du auf ihn aufpasst, dann tu's gefälligst auch richtig«, flüsterte sie in Rage.

»Was glaubst du wohl, was ich mache?«, keifte August zurück.

»Ich glaube, du gibst dein Bestes.« Rina warf das nasse Geschirrtuch in das Becken. »Aber das Beste zu geben, reicht manchmal nicht«, sagte sie dann ein bisschen weniger heftig. »Manchmal muss man einfach aufhören und andere ihr Bestes geben lassen. Um selbst zu überleben.«

Es war das Schlimmste, was August je gehört hatte. Er holte tief Luft und schloss die Augen. Als er sie wieder öffnete, sah er: Sie wusste schon, was er sagen würde, ehe es aus seinem Mund kam.

»Wir schaffen das. Er wird nicht mehr trinken. Danke für deine Besorgnis.«

Dann marschierte er aus der Küche und brachte Jack nach Hause.

MUTIG

IRGENDJEMA
MUSS MIR HELFEN
VERDAMMT!

WASSER

August drehte sich um und schaute verschlafen in das frühe Morgenlicht. Er runzelte die Stirn. Jack saß aufrecht, hellwach da und schaute aus dem Fenster. »Hast du überhaupt nicht geschlafen?«

»Nein.«

August seufzte. »Immer noch sauer wegen gestern?«

»Nein, das interessiert mich nicht mehr. Ich hab nachgedacht. Ich glaube, ich weiß jetzt, wie sich die Prophezeiung erfüllen lässt.«

»Was soll ich tun?«

Jack schwieg.

»Sag einfach, was ich tun soll. Und hör auf, so verängstigt zu gucken. Ich werde schon nicht Nein sagen.«

»Wir können es entweder mit Feuer oder mit Wasser tun. Mit Feuer bist du vertraut, das wär also kein Problem. Wasser ... Wasser ist das, was mir Sorgen macht. Es gibt zwei Möglichkeiten, es zu schaffen, dass du die Dinge auf der anderen Seite beeinflussen kannst. Die erste funktioniert mechanisch: Wir schaffen eine genügend große Energiequelle um das Glückselige Blau herum, damit wir es wieder in Gang setzen können. Oder die Alternative: Wir taufen dich. Mit einem Ritual.«

August lachte nervös auf. »Das mit dem Wasser klingt einfacher.«

»Wir müssen dich ertränken«, fuhr Jack ungerührt fort. »Oder jedenfalls fast, so stark, dass du durch das Tor treten kannst, aber wiederum nicht so stark, dass du nicht mehr von dort zurückkehren kannst. Durch das Tor treten, damit du sehen kannst, was jenseits dieser Welt liegt, damit dir erlaubt wird, in meiner zu spielen.«

August sah Jack an. Er musterte ihn eingehend. Jack wirkte

schwach. Tief erschöpft. Seine Haut schien so dünn unter den Augen, dass sie fast blutunterlaufen aussah. »Ist es das, was du willst?«

»Ich will es nicht. Ich will nicht, dass du ... Doch ich denke, dass die Visionen vielleicht aufhören, wenn wir ...« Jack schluckte schwer.

»Ich tu's«, versprach August. »Ich tu's. Komm, und jetzt schlaf. Mach dir keine Sorgen. Ich tu's.«

ROSEMARY AND THYME

Sobald sie in die Schulkantine kamen, formte Jack aus seinen Büchern ein provisorisches Kissen und schlief sofort ein. August stocherte abwesend in seinen Makkaroni mit Käse herum und starrte dabei aus dem Fenster.

»Ihr zwei seht schrecklich aus«, verkündete Peter.

»Du sprichst?«, fragte Alex ernsthaft schockiert.

Peter sah sie mit zusammengekniffenen Augen an. »Wir können sprechen, doch wir tun es nicht gerne. Aber ich dachte, es wär vielleicht gut, August verbal hören zu lassen, wie vollkommen schrecklich und müde er aussieht. Als wenn ihm ... irgendwas ... alles Leben aus dem Körper gesogen hätte. Aber ich kann mir nicht vorstellen, was das sein sollte«, sagte Peter frech. Er stopfte sich eine Tomate in den Mund und parierte Augusts Starren mit gespielter Unbekümmertheit.

Zu Augusts Überraschung mäßigte Roger seinen Bruder nicht mal. Stattdessen streckte er den Arm aus und legte seine Hand auf Augusts, damit er aufhörte, weiter wie wild in seinem Essen herumzustochern.

»Dir läuft die Zeit weg«, sagte Roger behutsam.

»Niemand wird verletzt. Nicht mal du«, höhnte Peter.

Alex starrte sie alle an und fummelte argwöhnisch mit ihrer Brille rum. »Hab ich was verpasst? Was geht hier ab?«

»Nichts.« August schüttelte Rogers Hand weg. »Alles in Ordnung bei uns.«

NACHSITZ-BELEG

Schüler: *August Bateman*   Klasse: 12

wurde mit Nachsitzen bestraft:

Tag(e): *29.01.03*   Uhrzeit: *12:50*   Raum: *102*

Begründung: *Auf die Frage nach seinen Hausaufgaben schrie es: "Was wollt ihr alle von mir?" und verließ ohne Erlaubnis die Klasse.*

☐ Erschienen   ☒ Nicht erschienen

H. Sie___

(Unterschrift)

FEST

August schloss die Tür zu seiner Klasse, ignorierte Mrs Moores wütendes Schreien und lief eilig den Flur entlang. Er bekam keine Luft. *Er bekam keine Luft!* Sein Herz hämmerte gegen den Brustkorb, als wollte es heraus und auf den Linoleumboden springen. Er blieb stehen, lehnte sich an die Spinde bei der Sporthalle und hechelte nach Luft. Dann sackte er zu Boden und presste das Gesicht an das kalte Metall.

Er hatte das bei seiner Mom erlebt. Es war bloß eine Panikattacke. Er starb nicht, es war einfach bloß eine Panikattacke. Sie gingen immer vorbei. Sie waren so beschaffen, dass sie vorbeigingen.

Der Flur verschwamm vor seinen Augen, deshalb schloss er sie. August konnte sich nicht leisten, heute die Schule früher zu verlassen. In der nächsten Stunde hatte er Geschichte. Und er stand knapp davor, ein D zu bekommen. Seine Durchschnittsnote war schon so weit unten wie noch nie in seinem Leben. Aber weniger als eine 3,0 stand nicht zur Debatte, wenn er aufs College wollte.

August presste seine Wange noch stärker gegen den Spind und drückte die Augen so fest zu, dass aus den Winkeln Tränen rannen. Dann konzentrierte er sich darauf, seine Herzfrequenz runterzukriegen.

Er würde das schaffen. Es war bloß Schule. Schule war einfach. Er konnte lernen. Er konnte Entschuldigungsmails schreiben. Er konnte um mehr Zeit bitten. Er konnte sich mit weniger als dem Besten abfinden. Er konnte das alles machen. Er musste nur aufstehen, durchatmen und den Tag zu Ende bringen.

Alles würde gut werden.

August zog sich wieder auf die Beine und taumelte zur Toilette.

Er kramte sein Feuerzeug aus dem Rucksack und klickte es an und aus, an und aus, bis die Haut, die der Flamme am nächsten war, heiß wurde. Bis sein Herz wieder langsamer schlug und er Konturen erkennen konnte, die im Licht tanzten. Bis er wieder atmen konnte.

Und plötzlich traf es ihn wie einen Schlag, als er merkte, dass er nicht mehr ohne leben konnte.

Es war inzwischen so sehr ein Teil von ihm wie alles andere. Er konnte so wenig davor weglaufen, wie man sich aus der eigenen Haut lösen kann. Es würde einfach immer zurückkommen, wieder und wieder, in ihm aufsteigen und wie Hunger größer werden. Er würde nach dem Brennen lechzen, bis er tot wäre. August rollte sich vor der Wand zusammen und legte seinen Kopf in die Arme.

Er packte das Feuerzeug so fest, bis seine Fingerknöchel weiß wurden.

SCHULINTERNES FORMBLATT ZUR SUSPENDIERUNGS-VERMEIDUNG

Name	Datum	Aufsichtslehrer	Klassenlehrer
August Bateman			

Ich habe eine schulinterne Suspendierung verbüßt, weil

ich auf dem Parkplatz ein Buch verbrannt hab.

Von diesem Vorfall habe ich gelernt:

keine Bücher mehr auf dem Parkplatz zu verbrennen

Wenn ich noch einmal vor dieser Situation stehen sollte, werde ich:

auf dem Parkplatz kein Buch verbrennen

Um zu den „Barnards Besten" zu gehören, sollten alle Schüler:

1. am Unterricht teilnehmen
2. in der Klasse stillsitzen
3. keine Bücher verbrennen
4.
5.

Bitte verwende dieses Formblatt, um auf der Rückseite einen Brief an einen Mitschüler zu formulieren, der positive Entscheidungen darlegt, die man im Tagesverlauf treffen kann. Versuchen Sie, andere durch spezifische Beispiele zu ermutigen, wie sie zu den „Barnards Besten" gehören können.

Unterschrift des Schülers: _AB_____   Datum _____

SACHSE

Das junge Gras kitzelte Augusts Wange, als sie nebeneinander auf der Wiese lagen, die Jacken und Rucksäcke um sich verstreut.

»Erzähl mir noch mal von der Prophezeiung.«

»Nur, wenn du den Apfel hier isst.«

August runzelte wegen der Forderung die Stirn, schnappte ihn aber Jack aus der Hand und nahm einen großen Bissen.

»Im Wesentlichen muss der Wicker King, der ich bin, als eine Hälfte der Prophezeiung in die Zitadelle zurückkehren. Und der Ritter und Verteidiger des Wicker King, was also du bist, muss das Glückselige Blau auf den Ständer zurücklegen. Ohne die beiden Teile hat der Cloven King Anrecht auf einen herrenlosen Thron und es gibt keinen Schutz gegen die Dunkelheit und seine Horden der alles Leben aussaugenden Geister. Oder gegen was auch immer. Und, nicht um dir Angst zu machen oder so, doch es ist nun mal so: Wenn wir das nicht schaffen, wird der Einfluss der Zitadelle wachsen und diese Welt wird bis ans Ende aller Tage von Verzweiflung umgeben sein.«

»Okay ... und jetzt erzähl mir von dem Feuer.«

Jack wedelte mit etwas, das August nicht sehen konnte, vor seinem Gesicht, dann fuhr er fort. »Es ist weniger Feuer, das wir brauchen, als eine Energiequelle. Dem Glückseligen Blau ist es egal, ob es sich um freie Energie oder zerstörerische Energie handelt. Wichtig ist nur, dass genug da ist, um es wieder in Gang zu setzen. Wir könnten Strom nehmen, aber das wird ein bisschen zu kompliziert. Wir würden wahrscheinlich die Strommenge eines Blitzschlags benötigen, und so gern ich das Risiko einginge, zu Tode erschreckt zu werden, so wenig würde ich wollen, dass du versehentlich dabei draufgehst.« Jack grinste dabei leicht. »Feuer ist ein guter Ersatz, denn die Energie zum Zerstören ist wild, ungezügelt und günstig. Wir müssen nur einen Weg finden, um eine gehörige Menge davon zu erzeugen.«

»Wir könnten ein Gebäude abfackeln.« August kaute nachdenklich an seiner Lippe. »Wir könnten die Spielzeugfabrik um den Ständer herum abbrennen.«

Jack verdrehte die Augen. »Ja. Nur ist das Brandstiftung. Wieso können wir nicht einfach im Wald einen Haufen Zeug verbrennen?«

»Willst du wirklich mit Absicht einen Waldbrand herbeiführen? Der wird sich bis zur Stadt ausdehnen. Die sperren uns für den Rest unseres Lebens ein.«

»Und wenn wir die ganze Scheißfabrik abfackeln, nicht?«

»Die Spielzeugfabrik ist stillgelegt, du Spinner. Sie existiert seit über zwanzig Jahren nicht mehr. Die interessiert keinen Menschen.« August warf den Apfelbutzen zur Seite und kippte nach hinten.

Jack nickte, nachdem er eine Weile überlegt hatte. »Okay ... okay. Wenn das mit dem Wasser nicht klappt, dann machen wir das. Wie auch immer. Wir müssen uns jedenfalls beeilen. Die Stadt wird immer dunkler, je mehr er sich der Zitadelle nähert. Die kaiserlichen Hornissen kommen aus dem Gebälk. Uns bleibt nicht mehr viel Zeit.«

August wusste nicht, was das bedeutete, doch er zitterte trotzdem.

FADENZÄHLUNG

August ging nach unten und setzte sich neben seine Mom auf den Futon. Es lief »Der Preis ist heiß«. Der Fernseher war laut und aggressiv und er wünschte sich, er könnte das Ding gegen die Wand schmeißen. »Ich hab eine Frage.«

Sie machte hmm, schaute aber nicht mal kurz herüber.

»Würdest du etwas Schlimmes tun, wenn du wüsstest, dass es am Ende mehr Gutes als Schlechtes bewirkt?«

»Was gut ist, ist gut, und was schlecht ist, ist schlecht«, murmelte sie und fummelte dabei an einer Ecke der Decke rum.

August knirschte frustriert mit den Zähnen, redete dann aber mit sanfter Stimme weiter: »Ich muss etwas Wichtiges tun. Etwas Gefährliches ...«

»Ist es für Jack?«, unterbrach sie ihn.

»Oh, äh, ja«, antwortete August überrascht.

»Du denkst, ich merke nichts. Aber das tue ich sehr wohl.«

SEMPER FIDELIS

»Hast du Angst?«

»Nein.«

»Doch, hast du. Aber du bist auch sehr mutig ...« Jack zappelte nervös herum, während er auf dem Badewannenrand saß. »Ich verstehe jetzt, wieso sie dich mir vorgezogen haben. Wieso der Rat dich als Helden wollte und wieso ich ihnen nicht genügte.«

August stellte den Wasserhahn an.

»Es gibt Geschichten über dich, Lieder. Sie nennen dich den Raben, den Goldenen Vogel, des Königs Löwenherz. Frauen lächeln dich an, wenn wir durch die Straßen gehen. Männer sprechen von dir am Feuer. Es steht an die Mauern geschrieben. Sie lieben dich und du kannst sie noch nicht einmal sehen ... mein Löwenherz. Kannst du dir das vorstellen?«

Jack hielt den Blick fest auf die Kacheln gerichtet, während August sein Shirt und die Jeans auszog und in die Ecke warf. Er trat vorsichtig in die Wanne, legte sich ins Wasser und die Boxershorts sogen sich voll.

»Ich hoffe, es funktioniert«, seufzte Jack.

August setzte sich plötzlich auf und packte Jacks Unterarm. »Ich tu das für dich. Nicht für den Wicker King. Nicht für das, was wir geworden sind. Sondern für dich. Wenn irgendwas schiefgeht, dann will ich, dass du dich daran erinnerst.«

Jack nickte. August glitt unter Wasser –

Und atmete.

KLAR

Er kam wieder zu sich. Schlug Wasser gegen die Kacheln. Seine Nase blutete. Das Bad schwankte, drehte sich. Ganz fern spürte er, wie Jack ihm die Haare aus der Stirn streifte und verzweifelt versuchte, ihm zu helfen.

August kniff die Nase zusammen, bis sie aufhörte zu bluten, dann sackte er erschöpft zu Boden. Jack zog ihn hoch und schloss ihn in seine Arme.

»Hast du etwas gesehen?«, fragte er und klang sowohl entsetzt als auch hoffnungsvoll.

August schluckte. Seine Brust brannte, krampfte sich zusammen. Er brauchte eine Weile, ehe er antworten konnte, obwohl er tapfer versuchte, die Worte herauszubringen. »Nein«, würgte er hervor. »Tut mir leid.«

Jack schlang seine Arme um ihn und drückte betrübt seine Stirn gegen Augusts. Sie atmeten dieselbe Luft. So dicht dran und doch ohne Kontakt. Nie ein Kontakt. Durch den Schleier hindurch fragte sich August, ob Jack die Reste des Sternenstaubs schmeckte, die er vom Rand des Todes mit zurückgebracht hatte.

»Ist okay«, flüsterte er. »Alles wird gut.«

UNTERWELT

Am nächsten Tag gingen sie in die Schule, als ob nichts gewesen wäre. August schrieb eine Mathearbeit. Jack schlief in Englischer Literaturgeschichte.

Alex und die Zwillinge sagten nichts zu den blauen Flecken unter Augusts Augen.

Oder dazu, wie seine Hände zitterten, wenn er sein Wasserglas anhob.

Oder dass sein Essen den dritten Tag hintereinander unangerührt auf dem Tablett blieb.

August verbrannte wieder draußen auf dem Parkplatz ein Taschenbuch, weil seine Hände durch den Stress unkontrolliert angefangen hatten zu zittern und er auf die Schnelle kein anderes Mittel fand. Doch diesmal war er vorsichtiger und schaffte es, nicht erwischt zu werden. Danach löschte er die Glut mit Cola, streifte den Rucksack über die Schulter und ging wieder rein.

HEIDELBEERE

Am nächsten Tag wachte August von der Türglocke auf. Das war ... seit Jahren nicht mehr passiert. Selbst der Briefträger klopfte einfach und legte die Päckchen auf die Stufe. August schlich argwöhnisch nach unten und spähte durchs Schlüsselloch. Zu seiner Überraschung sah er, dass Alex vor der Tür stand. Außerhalb der Schule sah er sie eigentlich so gut wie nie und noch seltener vor seinem eigenen Haus. Er öffnete die Haustür und lehnte sich gegen den Rahmen.

»Hey ... was machst du hier?«

Alex hielt eine Schachtel in der Hand und blickte verlegen. »Hab dir ein paar Muffins gebacken«, platzte sie heraus.

»Danke ... Aber es ist doch gar nicht mein Geburtstag.« Er nahm einen hoch und roch dran. Sie mussten selbstgemacht sein, denn sie waren noch warm.

»Ich weiß, wir sind uns nicht wirklich nah. Und das ist auch völlig in Ordnung; das da ist keine Art Bestechungsversuch oder so was. Ich hab genug Freunde.« Alex rang mit den Händen. »Ich wollt nur was für dich machen, was du magst. Du wirkst nicht sehr ... ich meine, ich hab nicht das Recht, irgendwas zu sagen oder dich zu kritisieren ... Ich weiß, ich bin auch nicht perfekt und ich ... ich ... weiß nicht, was in deinem Leben los ist, aber du ... du wirkst irgendwie nicht okay. Und ich wollte nur, dass du weißt: Wenn du je, je, *je* was brauchst, kannst du jederzeit zu mir kommen.«

»Wow ... danke«, sagte August leise und hielt die Schachtel ein wenig dichter an seinen Körper.

»Okay, ich geh dann mal wieder. Das hier ist vielleicht das Peinlichste, was ich je in meinem Leben gemacht habe.«

August nahm einen Bissen von einem der Muffins, während er zusah, wie sie den Weg durch den Vorgarten zurückging. Die Muffins waren köstlich. In jeder Hinsicht perfekt. »Hey, Alex?« Sie drehte sich um. »Du bist echt super.«

Alex grinste.

GOLD

August klopfte an Rinas Wohnungstür. Sie öffnete sie halb, stellte sich in den Eingang und hinderte ihn daran, reinzukommen.

Sie sah strahlend aus. Ihre Lippen waren knallrot geschminkt, die Haare hatte sie oben auf dem Kopf zu einem lockeren Knoten gebunden. Sie trug Boxershorts und ein schäbiges graues Sweatshirt.

»Hey«, sagte sie knapp, bevor er etwas sagen konnte. »Ich hab eine Entscheidung getroffen.«

August schwang auf den Fersen zurück und stellte den schweren Rucksack auf den Boden. »Okay. Was für eine?«

Rina hämmerte mit ihren Fingernägeln gegen den hölzernen Türrahmen. »Ich lass euch beide nicht mehr rein. Ich unterstütze euch ja bloß in dem Gefühl, dass das, was ihr da treibt, okay ist. Ich will aber kein Mithelfer sein. Das ist nicht fair. Du musst ihm Hilfe besorgen, August. Du kannst so lange nicht mehr zu mir kommen, bis du ihm Hilfe verschaffst.«

August schluckte schwer und schaute auf seine Schuhe.

»Das macht dich nicht zu einem schlechten Freund«, sagte sie sanft. »Es bedeutet nicht, dass du ihn weniger liebst. Und es bedeutet auch nicht, dass ich dich weniger liebe.«

Rina nahm seine Hand und drückte sie, dann zog sie ihn eng an sich und ließ ihn sein Gesicht gegen ihre Halsbeuge drücken. August schlang die Arme fest um ihren Körper, solange er konnte. Dann hob er den Rucksack auf und zog ihn sich um die Schultern.

»Wir kommen zurück. Das verspreche ich.« Augusts Stimme brach. »Wenn wir uns wiedersehen, ist alles anders.«

Rina fasste seine Wange und zog seinen Kopf tiefer, damit ihre Gesichter auf gleicher Höhe waren. Dann küsste sie ihn sanft auf die Stirn. »Hoffentlich.«

KLOTZ

August schreckte keuchend aus dem Schlaf.

»Hey, Mann, Fototag.« Der Junge, der neben ihm saß, hörte auf, ihm mit dem Finger in den Nacken zu schnippen, als er sah, dass August wach war. »Wir sollen alle in die Turnhalle kommen – haben sie gerade über Lautsprecher gesagt. Wieso hast du keine gescheiten Sachen angezogen?«

August schaute sich um. Der Junge hatte recht. So ziemlich jeder trug Hemd und Krawatte, die Mädchen hatten Kleider an. Er schaute auf sein ausgeleiertes Shirt. Bei der ganzen Aufregung in letzter Zeit hatte er das mit dem Fototag total vergessen. Es war so nebensächlich angesichts der großen Herausforderungen, dass er überhaupt nicht mehr an den Tag gedacht hatte, an dem das Jahresfoto anstand.

Er konnte das jetzt nicht mehr ändern. Deshalb seufzte August nur und folgte seinen Mitschülern missmutig den Flur entlang Richtung Turnhalle. Kurz darauf entdeckten ihn Roger und Peter und schoben sich durch die Menge.

»Ist das das Beste, was du finden konntest?«, fragte Peter verächtlich, während er an August herabsah.

»Hab's vergessen. War beschäftigt«, antwortete August und zupfte an seinem Kragen rum. Er war ein bisschen verlegen. Peter stieß seine Hand weg und machte sich an Augusts Haaren zu schaffen.

»Zieh nicht an deinem Shirt. Damit machst du es bloß noch schlimmer. Kannst von Glück reden, dass du wenigstens einen passablen Haarschnitt hast.« Peter gab keine Ruhe und sah ihn böse an. August war so erschöpft, dass er es einfach geschehen ließ.

Roger wühlte in seinem Rucksack. »Hab dir ein paar Probepackungen mitgebracht. Medikamente gegen Angst, Schlaftabletten, was willst du davon haben?«

»Ich will deine Tabletten nicht, Roger, aber trotzdem danke, dass du dran gedacht hast. Ich will nur das mit dem Foto hinter mich bringen und wieder zurück in die Klasse, damit ich weiterschlafen kann«, murmelte August.

Peter nahm seine Hände herunter und starrte August hilflos an. »Okay. Mehr ist nicht zu machen. Wir sollen uns in alphabetischer Reihenfolge aufstellen, also müssen wir los, ganz nach hinten. Bis später.« Die Zwillinge verschwanden, aber vorher warf Roger ihm noch einen der mitleidigsten Blicke zu, die August je bekommen hatte.

August ballte die Fäuste und trat in die Reihe.

BLITZ

»Und, willst du den grauen oder den schwarzen Hintergrund?«

»Schwarz.«

Das Licht war so grell, dass August die Augen kaum still halten konnte. Er blinzelte in die Kamera.

»Sitz gerade und dann lächeln!«

Das würde er ganz bestimmt nicht tun. August nahm die Gelegenheit wahr, noch einmal zu versuchen, Jack irgendwo am Ende der Schlange zu finden, um zu sehen, wie es ihm ging.

»Jetzt aber mal ernsthaft, Junge. Wir machen nur ein Bild.«

Oh, er hatte ihn entdeckt. Jack stand an der Wand, die Hand nach vorn gestreckt, um den Weg zu finden. Er beugte sich in den Windschatten seines Vordermanns und folgte blindlings der Reihe der Schüler. Leute stießen mit ihm zusammen und er knickte schutzlos unter der Wucht des Aufpralls ein. Wie ein kleines weißes Boot, das in den schwarzen Wellen einer wogenden See umhergeworfen wird. Augusts Herz zog sich bei dem Anblick zusammen.

»Ich hab gesagt, du bist fertig.«

Er taumelte von dem Stuhl und ging auf den Wicker King zu, als wenn er von einem unsichtbaren Seil gezogen würde. Doch ehe er ihn erreichte, trat ihm der Englischlehrer in den Weg.

»Die Schüler haben sich auf die Tribüne zu setzen, bis der Rest der Klasse durch ist.«

August schüttelte den Kopf, um ihn freizubekommen, und rieb sich die Augen. »Oh. Verstehe. Tut mir leid.« Und dann setzte er sich zu den andern auf die Bank.

DER CLOVEN KING
ERHEBT SICH

August hatte an dem Tag Arrest, deshalb kam er erst spät aus der Schule. Müde trottete er nach Hause. Doch bevor er die Tür öffnete, hörte er plötzlich Schreie. Er spurtete die Treppe hoch und riss die Tür zu seinem Zimmer auf. Nichts. Er lief ins Bad, wo er ihn endlich fand. Jack lag in sich zusammengerollt in einer Ecke, die Arme um den Kopf geschlungen. August warf sich auf Jack und untersuchte die Arme kurz auf Verletzungen. Er schaute zurück zur Tür und überlegte einen Moment, ob die Situation schlimm genug war, um seine Mom zu stören.

»August! August!«, schrie Jack und verkrallte sich in Augusts Rücken und Arme.

»Jack! Beruhige dich!«, rief August über Jacks hysterische Stimme hinweg, doch ohne Erfolg. Ein Teil von ihm wollte Jack von sich schieben, nach unten rennen und die Notfallambulanz anrufen, doch ein anderer Teil wollte Jack fest an sich drücken und ihm in seine Panik folgen. »Jack!« August packte ihn im Nacken, griff fest zu und grub seine Nägel in Jacks Haut. »Jack, hör auf!«

»Neeein ...« Jack zitterte vor Angst. »Bitte.«

»Was ist los? WAS SIEHST DU?«

»Sie stehen um dich rum«, flüsterte Jack mit weit aufgerissenen Augen, aber blind. »Es sind zehn. Alle in Schwarz. Sie sprechen zu mir, aber ich kann sie nicht hören. So funktioniert es nicht. Ich kann sie nicht hören und sie verwandeln die Welt. Meine Welt. Und ich kann die Welt nicht zurückverwandeln ...«

»In was verändern sie denn die Welt?«, fragte August und nahm

Jacks Gesicht zwischen seine Hände. »Jack! Du musst mir sagen, was da passiert!«

Jack sank in unsagbarer Trauer zurück auf den Boden und zog August mit. »Ich weiß es nicht«, schluchzte er. »Ich weiß es nicht!«

LIEBE

Sie erwachten auf dem Badezimmerboden. Jacks Gesicht war immer noch salzig von letzter Nacht. Er hob den Kopf und beäugte August mit kritischem Blick. August starrte erschöpft zurück.

»Du bist so dünn ...«, sagte Jack. »Du isst nicht.«

August schluckte. Es brannte in seiner Kehle, als wenn er Stahlwolle geschluckt hätte. Er schloss die Augen vor Jacks Gesichtsausdruck. Sein Kopf war schwer.

»August, du musst essen«, drängte Jack. Er hob seine Finger an Augusts Lippen und fuhr mit den Kuppen über die Haut. Sie registrierten die Trockenheit. »Du wirst sterben«, keuchte Jack zittrig. Er klang wieder so, als hätte er Angst.

»Genau wie du«, flüsterte August. »Wir können so nicht leben, Jack. Wir müssen mit jemandem drüber reden. Wir sind nur ... zwei Jungs.«

Jack legte den Kopf wieder auf Augusts Bein und August ließ seine Hand müde auf Jacks Wange sinken. Er schloss erneut die Augen und versank in der Schwärze. »Tut mir leid.«

»Muss es nicht.«

DOCHT

Sie schwänzten an dem Tag die Schule. August brachte eine Schachtel Pop-Tarts nach oben und sie aßen die getoasteten Teigtaschen im Bett. August war zu müde gewesen, um etwas zu kochen. Jack hatte als Erster aufgegessen und fing wieder an, ins Leere zu starren.

»Also ... Feuer«, sagte er nach einer Weile.

»Feuer«, stimmte August zu.

»Hast du noch das Feuerzeug, das ich dir gegeben habe? In der ganzen Zeit hast du es nicht verloren?«

»Nein.«

Jack lachte. »Wie romantisch. Mein Ritter in der scheiß glänzenden Rüstung.«

August wurde rot. »Ist keine soo große Sache. Ist bloß ein Feuerzeug«, murmelte er.

Jack starrte ihn einen Augenblick an. »Ist irgendetwas ›bloß‹ irgendwas? Nach all den Monaten? Obwohl du in meine Farben gehüllt bist? Obwohl du zu meinen Füßen liegst, um mir zu huldigen? Obwohl der Himmel herabstürzt und das Einzige, was ich hören kann außer deiner Stimme, die Schreie der Sterbenden sind und das Donnern der Pferde? Du hast dran gedacht, es zu behalten, obwohl du nicht mal dran gedacht hast zu essen. Es ist ein Feuerzeug, ja. Doch es ist gleichzeitig alles ...« Jack grinste. »Die Verbindung war die ganze Zeit da.«

August sah aus dem Fenster. Die Nachbarin führte ihren Hund Gassi. Der Schulbus, der von der Grundschule kam, ließ ein paar Kinder aussteigen. Ein Flugzeug flog über sie hinweg. Der Himmel war so blau.

Jack streckte die Hand aus, fasste nach Augusts Kinn und riss sein Gesicht vom Licht weg. »Du verbrennst neuerdings ständig Sachen«, sagte Jack sanft. »Würdest du für mich brennen?«

August starrte ihn nieder. Starrte in das Grau von Jacks Augen. Sie waren so rein – kein Anzeichen von Täuschung. Nur wild und gewaltig wie der Tag, an dem er mit dem Rücken im Flussschlamm gelegen hatte. Vor zehntausend Jahren.

»Du weißt doch längst, dass ich es tun werde«, sagte August. Du weißt es doch. Du weißt es, verdammt.

HOUSTON

August stellte das Benzin auf den Boden und wartete. Jack zündete seine Zigarette an und hielt sie zwischen starken weißen Zähnen fest, bevor er sie weiterreichte. Wie einen Secondhand-Kuss auf einen Atemzug aus Asche.

»Soll ich's von draußen nach drinnen machen?«

»Tu's einfach, sieh einfach zu, dass es passiert.«

»Kommst du mit?«, fragte August leise und blies den Rauch in den Wind.

»Marschieren Könige in den Krieg?«

»Früher taten sie das.«

Er konnte spüren, wie Jack über ihn lachte. Sog es ein, um es tief in der Lunge zu spüren. Das hier war es. Das hier war alles.

»Dein Reich komme. Dein Wille geschehe.«

DAS FEUER

Er befestigte die Drähte mit einem Messer an der Alarm- und an der Sprinkleranlage.

August kümmerte sich zuerst um die äußeren Räume und zündete dort Tische und Stühle an. Er spritzte die Türen mit Benzin voll und ließ sie offen.

Dann nahm er sich den Boden der Fabrik vor. Er lief an den Wänden des Hauptraums entlang und tränkte alles mit Benzin. Es dauerte eine Weile. Das Feuer brachte allmählich Scheiben zum Bersten und fraß sich ins Holz. Er musste schneller machen. August nahm das Glückselige Blau aus seinem Rucksack, wickelte es in einen Öllappen, den Jack ihm gegeben hatte, und stellte es auf den Boden.

Es brannte in Purpur und Blau, genau wie Jack es gesagt hatte, genau wie er es mit seinen verrückten Augen gesehen hatte, genau wie es sein sollte.

Er nahm es hoch, stellte es in den Wasserspender und ignorierte die gleißende Hitze, als sich die Flammen durch seine Handschuhe fraßen. Dann zog er sie aus und ließ sie fallen.

August schaute sich um nach dem Rot und Orange, nach dem Gelb und Schwarz und dem Glückseligen Blau, das so hell leuchtete und endlich seiner Bestimmung entsprechend pulsierte.

Die Wunden an seinen Händen brannten höllisch. Er wusste, dass es das wert war.

QUELLE

August trat das Glas aus dem Rahmen und stürzte taumelnd durchs Fenster. Jack fing ihn auf, bevor er auf den Boden schlug, und zog ihn auf die Beine.

»Du hast es getan! Du hast es getan!« Jack war wahnsinnig in seinem Glück. Er packte Augusts Handgelenke, die im Licht der Flammen glänzten.

Der Wicker King war schön – großartig, verrückt, krank, frei. Er küsste die Brandblasen an Augusts Handflächen. »Danke! Danke ...«

August vergrub sein Gesicht in Jacks Brust, wand sich immer weiter hinein, um sich vor der Hitze der Flammen zu verbergen. Jack hielt ihn genauso fest, grub seine Finger in Augusts Schultern, schlang die Arme um seine Taille, klammerte sich mit den Händen in seine Haare. August merkte erst, dass er weinte, als er sein Schluchzen hörte. »Ist es vorbei? Ist es vorbei?« Er meinte nicht das Feuer.

»Psst«, murmelte Jack. »Das hast du gut gemacht.« Er wiegte August sanft hin und her. »Das hast du gut gemacht.«

EISEN UND ASCHE

Eine Stunde später riss sie die Polizei auseinander, während die Feuerwehr die Flammen löschte.

Aus Jacks Griff gezerrt zu werden, zerstörte seine Klarheit. In dem Grau waren brüllende Stimmen, Männer in Masken und Handschuhen, Polizeibeamte mit ihren rauen Händen und ruhigen, ernsten Stimmen. Sie zogen ihn hoch und schoben ihn in einen Krankenwagen. Jack wurde zur Befragung beiseitegenommen. Die Sanitäter wiederholten wieder und wieder etwas vor August und er nickte abwesend, als sie seine Hände verbanden.

Jemand schrie Jack an und Jack schrie zurück.

Leute schubsten August, zogen ihn, schleiften ihn mit, legten ihm Handschellen an, setzten ihn in einen Streifenwagen und schlossen die Tür. An die Fahrt konnte er sich später kein bisschen erinnern. Der Schleier blieb, bis sie die Tür der Zelle zuschlugen. Plötzlich war alles wieder klar und es gab nichts mehr herauszufiltern, außer die Stimmen der anderen Männer, die mit ihm in der Zelle waren.

LOCH

Sie saßen ein paar Zentimeter voneinander entfernt. August ritzte mit seinen verbundenen Fingern in den Boden. »Das Königreich.«

»Jubelt«, sagte Jack und starrte blicklos gegen die Wand.

»Der Thron?«

»Beansprucht.«

»Das Volk? Die Geister?«

»In Sicherheit, fort, zurückgewiesen.«

August ritzte wieder, der Beton kratzte gegen seine Fingernägel. »Du siehst es alles noch immer, oder?«

»So klar wie dich.« Jacks Kopf hing schlaff gegen den Betonstein gelehnt, die Augen blinzelten nicht. Sie saßen wie Marionetten mit abgeschnittenen Fäden da. Achtlos zu Boden geworfen, um in Sonne und Staub zu verrotten. »Bist du stolz, Adler des Nordens? Der Held mit Funken in seinen Adern. Sie werden Lieder über deinen Sieg singen und unter den Jungen und Alten wird wieder und wieder von deinem Opfer erzählt werden bis ... an das Ende aller Tage. Bist du stolz?«

»Halt die Klappe«, sagte August und rollte sich auf dem Zellenboden zusammen. »Halt einfach die Klappe.«

ZELLENBLOCK 3

In der nächsten Nacht war die Zelle überbelegt. Als sie gekommen waren, hatten vielleicht fünf oder sechs andere in der Zelle gesessen, doch nun waren es mindestens fünfzehn. Jack und er verdrückten sich leise in eine Ecke hinter einem riesenhaften Trinker, der sich im Schlaf nach vorn gebeugt aufs Bein sabberte.

Direkt nach dem Brand hatte sich Jack von August ferngehalten, wie wenn er Angst hätte, eine Berührung könne irgendeine Art Bann brechen. Das hatte August zunächst Sorgen gemacht.

Doch jetzt war August einfach nur wütend auf sich und wie betäubt.

Er wusste, seine Mom würde nicht kommen und ihn hier rausholen. Und Jacks Eltern waren wahrscheinlich außer Landes.

Er schaute hinüber zu Jack, der zitterte und versuchte, keine Aufmerksamkeit auf sich zu lenken. Ein Mann auf der anderen Seite warf ihm anzügliche Blicke zu.

»Jack«, flüsterte August. »Komm her.«

Jack schob sich verängstigt zu ihm hinüber.

August öffnete die Arme.

Nach kurzem Zögern senkte Jack den Kopf und lehnte ihn an Augusts Knie. Ganz steif, so als ob er dort nicht hingehörte.

August zuckte zusammen, als einer der Männer etwas Abfälliges und Vulgäres über ihre Beziehung sagte. Doch seine Hand blieb ruhig an Jacks Nacken liegen.

»You are my sunshine. My only sunshine. You make me happy, when skies are gray.« Den nächsten Teil des Songs summte er nur, weil er den Text nicht mehr wusste.

GRÜN

Sein Anwalt war eine Frau und er war verdammt dankbar, dass es eine mit Söhnen war.

»Wenn du dich schuldig bekennst, bekommst du wahrscheinlich im besten Fall Sozialstunden und eine Geldstrafe aufgebrummt, im schlimmsten Fall ein Jahr Gefängnis«, erklärte sie und nahm einen Schluck von ihrem Kaffee. »Du hast den Ort mit Benzin abgefackelt. Die Geschworenen werden es dir nicht abnehmen, wenn du auf unschuldig plädierst.«

»Kann ich vielleicht auf Unzurechnungsfähigkeit plädieren?«

Sie stellte die Tasse ab und sah ihn an. »Wieso um alles in der Welt willst du das tun?«

»Weil Jack das tun wird. Er ist psychisch instabil. Er kann es nicht länger leugnen. Und wenn wir beide auf Unzurechnungsfähigkeit plädieren, besteht eine Chance, dass wir an denselben Ort kommen. Ist mir egal, wie gering die Chance ist, es wär die Sache auf jeden Fall wert.«

Sie presste die Lippen zusammen und trommelte mit den Fingernägeln auf den Tisch, während sie überlegte. »Was ist das für eine Beziehung zwischen euch? Ich weiß, ihr habt zur Zeit des Vorfalls zusammen gewohnt.«

»Wir sind kein Paar, wenn Sie das meinen«, seufzte August. »Wir sind bloß Freunde, glaube ich. Wir sind zusammen aufgewachsen. Seine und meine Mom waren ein Herz und eine Seele, als wir klein waren, ehe sich meine Eltern haben scheiden lassen. Wir waren also ganz einfach immer zusammen.«

»Ich habe selbst Kinder. Drei Jungs ... sind nicht viel jünger als ihr.« Sie schüttelte den Kopf und lachte ein bisschen vor sich hin.

»Irgendwie kann ich es ja fast verstehen ... aber darf ich dich etwas fragen? Warum hast du das getan? Du hast dir ja sonst noch nie was zuschulden kommen lassen. Deine Noten waren bis zum letzten Halbjahr tadellos. Es kommt mir alles so untypisch vor. Was ist passiert?«

August runzelte die Stirn. »Ich musste es tun.«

Seine Anwältin schaute ihn eine Weile an, dann legte sie ihre Hand auf seine.

07.02.2003

Der Fall ging schnell. Die Zwillinge verrieten sie.

»Niemand sollte verletzt werden«, sagte Roger und bat August um Verständnis. »Auch du nicht.«

Jacks Hände zitterten die ganze Zeit.

Sechzehn Monate in der Psychiatrie für sie beide, mit der Klausel, dass beide voneinander fernzuhalten seien. Also unterschiedliche Einrichtungen.

Jack schaute entsetzt, als man ihn fortzog. Er war zu verängstigt, um auch nur die Hand nach August auszustrecken oder seinen Namen zu rufen.

BAUCH

Sie verpassten ihm eine spezielle orangefarbene Anstaltskleidung und führten ihn den Gang entlang zu seinem Zimmer. Die anderen Patienten zuckten vor ihm zurück und knurrten ängstlich die großen Sicherheitsbeamten an, die August zu beiden Seiten flankierten. Er hatte Angst wie noch nie und stolperte über die eigenen Füße.

Einer der Beamten packte ihn mit eisernem Griff und riss ihn hoch. Als sie schließlich sein Zimmer erreichten, sagte der Krankenwärter etwas, das August durch das Brausen des Bluts in seinen Adern nicht verstand. Dann schlugen sie die Tür zu und ließen ihn im Dunkeln zurück.

Er rührte sich nicht von der Stelle – mitten im Zimmer, wo sie ihn zurückgelassen hatten – und ballte die Hände zu Fäusten. Er warf einen Blick auf seinen Zimmergenossen, der sich so weit in die Ecke verkrochen hatte, wie es nur ging, ohne in der Wand zu verschwinden.

August biss sich auf die Zähne.

Er hatte versagt. Er hatte in jeder nur denkbaren Weise bei allen Entscheidungen, die er je in seinem Leben getroffen hatte, versagt. Jack war noch immer verrückt. August war allein. Und er war aus eigener Entscheidung heraus eingesperrt. Scham und Reue würgten sein Innerstes nach außen und plötzlich schrie er.

Es fing ganz klein an, doch mit jeder Minute blähte es sich in ihm weiter auf. Stieg schwarz und hässlich durch die Adern in den Füßen höher und höher, sprengte seine Körperzellen und füllte die Lungen, schloss sich um seine Knochen und brach schließlich aus seinen Augen, klebrig wie Teer. Es taumelte aus seinem Mund als ein wütendes Heulen, so tief, dass es die Zähne erschütterte. Die Haare in seinem Nacken stellten sich senkrecht.

Es war ein Schmerzensschrei, so rein und so heiß, dass er hätte schwören können, er brannte ihm die Augen aus.

Und dann – wie ein wahr gewordener Albtraum – provozierte es die andern Patienten zum Lärmmachen. Wie ein Schlachtruf. Es erhob sich über die Symphonie ihrer Schreie aus Angst und Verwirrung, über das Schlagen gegen die Türen und über das Weinen. Es stieg über alles empor. Ein Phoenix, der brannte und zu Asche zerfiel, noch bevor er das Zimmer am hintersten Ende des Flurs in Brand stecken konnte, wo der Traummacher wohnte, eingesperrt von den Bildern in seinem Kopf. Unverankert und unbemerkt in der Dunkelheit.

WIE DIE MEISTEN
SCHRECKLICHEN DINGE

Er gewöhnte sich dran.

Die Zeit im Krankenhaus verging sowohl schnell als auch langsam – so ungefähr wie ein seltsamer, beklemmender Sommerurlaub. In dem jeder Tag tausend Jahre zu dauern scheint, doch auf einmal schaut man auf und es sind drei Monate vergangen wie mit einem Schnipp. Sie erwarteten von ihm nicht viel mehr, als morgens aufzustehen und danach den Tagesplan abzuspulen. Nach den ersten paar Wochen hatte sein Zimmernachbar aufgehört, jedes Mal zusammenzuzucken, wenn er hereinkam.

Es war nicht schwierig dort. Andererseits lenkte ihn natürlich auch nichts davon ab, daran zu denken, was geschehen war.

Und wenn er zu viel darüber nachdachte, bekam er keine Luft mehr. Aber er konnte auch nicht *nicht* darüber nachdenken, denn es war das erste Mal seit etwa zehn Jahren, dass Jack für ihn nicht auf irgendeine Weise direkt und sofort greifbar war. Das Gefühl war einfach … unsäglich schrecklich. Als ob ihm jemand den Arm abgehackt oder ihn auf einem Auge blind gemacht hätte.

Doch wie bei den meisten Dingen gewöhnte er sich auch daran. Er hatte ja gar keine Wahl.

DAS KRANKENHAUS

Das, was ihn hier wirklich umbrachte, war die Langeweile. Außer in die Bücherei gehen, schreiben und schlafen gab es nicht viel. Und Freundschaften konnte er auch nicht so richtig schließen. August hatte für immer die Schnauze voll, sich mit Verrückten abzugeben.

Einsamkeit war langweilig, aber wenigstens musste er nicht aktiv an den wilden Tiraden und dem wütenden Geheul seines Zimmergenossen teilnehmen.

Abgesehen davon war das Essen Schrott. Alles war durchgeweicht, versalzen, fade oder hatte eine eigenartige Konsistenz. Er war sich sicher, in jedem Essen befand sich ein leichtes Beruhigungsmittel, weshalb er die ersten drei Wochen versucht hatte, nichts zu essen. Doch erreicht hatte er damit nur, dass er in noch mehr Einzeltherapie-Gespräche geschickt wurde.

Manchmal half ihm bloß ein Gedanke, abends Schlaf zu finden: Wenigstens ist das hier kein Gefängnis, wenigstens ist das hier kein Gefängnis, dachte er wieder und wieder, bis er der Erschöpfung erlag.

WUNSCH

August seufzte und sackte gegen das Fenster. Sie würden niemanden nach draußen lassen.

Es regnete und einige Patienten hatten Angst vor dem Geräusch oder wurden dadurch allzu erregt. Es war einfacher, alle drinnen zu lassen, als ständig nachzuprüfen, wer hinaus durfte und wer nicht. Das war das Problem mit diesem Ort: Alles hier war so unendlich bekloppt, dass es leichter war, reinzukommen, als wieder raus. Doch dieser Gedanke war so ein Klischee, dass er ihn nie wirklich aussprach.

Er wollte Jack treffen.

Er wünschte sich, das Gericht wäre so nett gewesen, sie zusammen einzusperren. Ihnen zu erlauben, zusammen zu sein. Ihm die Möglichkeit zu geben, an Jacks Seite zu stehen, wie es seine Aufgabe war.

In ihm war ein wildes Tier, das an Jacks Zelle kratzen wollte, bis seine Finger bluteten, das schreien wollte, bis Jack hörte, wie wenig er sich von ihm fernhalten wollte. Doch er schlang den Gedanken hinunter, stieß ihn beiseite.

Denn er war gesund. Und er gehörte nicht hierher.

EIN PSYCHOLOGE

»Was haben Sie vor den Aktionen am 30. Januar gedacht?«

August schloss die Augen. Er erinnerte sich nicht, überhaupt etwas gedacht zu haben. Es lag zu weit weg von dem Punkt, an dem er entschieden hatte, ganz aufzuhören zu denken.

»Sie müssen die Fragen beantworten, Mr Bateman. Das ist Teil Ihres Verfahrens.«

Sein Psychologe wechselte ungefähr einmal im Monat. Der jetzige war ernst, mit Bart und Tweedjacke.

»So viel gedacht habe ich gar nicht«, sagte August nach einer Weile. »Es war eher so eine Art von Anweisungen befolgen. Und nur fürs Protokoll: Ich schwöre, das hab ich euch Typen schon alles erklärt. Jack hat mich gebeten, etwas zu tun, und ich hab es einfach gemacht. So schwierig ist das Prinzip doch nicht zu verstehen.«

»Sie wollen also damit sagen, dass das Ganze Mr Rossis Schuld ist?«

»Nein, das ist absolut nicht, was ich sagen will. Es war eindeutig eine Zwei-Mann-Geschichte. Aber es war einfach so etwas wie ... Verpflichtung dabei. Ist echt schwer zu erklären. Steht das, was Jack dazu gesagt hat, in den Akten?«

»Tut mir leid, aber das ist vertraulich.«

August schwang seine Beine trotzig auf den Tisch vor sich und verschränkte die Arme. »Tja, und mir tut es leid, dass Sie so ein Idiot sind.«

STERIL

Irgendjemand vom Krankenhaus entdeckte ihn vor Jacks Tür, die Hand über die kleine Scheibe gebreitet. August hatte geglaubt, dass sie in verschiedene Einrichtungen gesteckt worden seien, doch jeden Morgen, wenn er aufwachte, fühlte er, dass das nicht stimmte. Deshalb beschloss er, der Sache nachzugehen. Es hatte Wochen gedauert, bis er das Zimmer fand. August konnte geradezu spüren, dass Jack hinter der Tür hauste. Vielleicht schlief. Es war ein warmer Märznachmittag. Das Ganze war sehr aufregend.

»Sie dürfen sich nicht auf dieser Seite der Klinik aufhalten.«

August schwang wütend herum und machte sich bereit, dagegen zu argumentieren.

Oh. Es war nur die nette Schwester. Die mit den sanften Händen und der sanften Stimme. »Kommen Sie, ich bringe Sie wieder zurück in Ihr Zimmer.«

August ließ sich von ihr den Gang entlang, die Treppe hinunter und über den Korridor führen. Behutsam brachte sie ihn ins Bett und zog ihm die Decke bis unters Kinn. Ehe er einschlief, spürte er noch, wie sie mit der Hand über seine Haare strich.

»Armes Ding.«

GINGAN

Die nette Schwester war wieder da. August richtete sich im Bett auf. Sie kam ohne Sicherheitsleute, schloss leise hinter sich die Tür und setzte sich ans Bettende. »Ich weiß, dass ich das nicht tun dürfte, aber es ist sehr schwer, von außen zuzuschauen und nicht helfen zu wollen. Ich war heute in Mr Rossis Zimmer. Er hat von Ihnen gesprochen.«

»Weiß er, dass ich hier bin?«, fragte August ruhig.

Sie wrang ihre Hände im Schoß. »Es ... es geht ihm nicht besser. Er hatte Momente der Klarheit, aber die meiste Zeit ist er einfach nur ... Wie auch immer, er hat von Ihnen gesprochen. Nach Ihnen gefragt. Ziemlich unverschämt, sollte ich vielleicht dazusagen.«

August lachte liebevoll. »Ja, ja, so ist er.«

Sie saßen schweigend da. August zupfte verlegen am Bettzeug. »Meinen Sie, Sie könnten ... ich weiß nicht ... das weiter für uns tun? Es ist wichtig.«

Nach einem kurzen Moment nickte sie.

ACHT MONATE

Das Wetter war schön, deshalb durften sie heute nach draußen. Der Rasen knirschte vom Frost. August legte sich trotzdem hinein. Er schloss die Augen, wand seine Finger zwischen den Halmen hindurch und zuckte zurück, als sich der Frost auf seiner Haut in Tau verwandelte.

»Du bist seltsam. Du gehörst hier nicht hin.«

August riss die Augen gegen das blendende Sonnenlicht auf. »Kann ich dir helfen?«

Das Mädchen hatte eng geflochtene Zöpfe und war in einen rosa Bademantel gehüllt. »Er schreit die ganze Nacht und redet dabei über dich. Der Junge, den sie in dem kleinen Zimmer untergebracht haben. Er ist verrückt. Er ist verrückt. Er ist verrückt.« Ihr Gesicht wirkte verhärmt und böse.

August bedeckte sein Gesicht mit dem Arm. »Geh bitte.«

Sie beugte sich über ihn. Ihr Atem roch nach Medizin und Verfall. »Armer kleiner Junge in seinem Käfig. Armer nutzloser Ritter. Du kommst nie, wenn er nach dir ruft.«

August nahm den Arm herunter und starrte sie einfach bloß an. Starrte sie an, weil er wusste, sie mochte es nicht, angeschaut zu werden.

»Lass das! Lass das!«, kreischte sie. »Du bist nur eifersüchtig. Du bist nur eifersüchtig auf mich!«

Er starrte sie weiter an, bis die Wärter sie wegzogen.

TABLETTEN

Die Wärter folgten ihm jetzt überallhin.

Er nahm jetzt seine Medikamente.

Er schlief tagelang.

Es war wie in einem watteartigen Schleier zu schmachten: Watte auf den Augen, Watte in den Ohren, Watte im Hirn. Es war erträglicher, Medikamente zu nehmen, als an Jack zu denken, wie er weniger als hundertfünfzig Meter entfernt in seinem Zimmer gefangen saß. Es hätten auch Kilometer sein können.

Sie nannten es Co-Abhängigkeit.

Co-Ab·häng·ig·keit
Substantiv:

Co-Abhängigkeit bezeichnet ein sozialmedizinisches Konzept,
nach dem manche Bezugspersonen eines Suchtkranken
(beispielsweise als Co-Alkoholiker) von der suchtkranken
Person seelisch abhängig sind und deren Sucht durch ihr Tun
oder Unterlassen zusätzlich fördern oder selber darunter
in besonderer Form leiden. Ihr Verhalten enthält seinerseits
Sucht-Aspekte.

»Kommt Ihnen das nicht bekannt vor?«, fragte ihn der Psychologe. Sein Seelenklempner war diesmal ein junger Mann.

August hatte gelacht. »Ja. Ja, das stimmt. Und was wollen Sie dagegen tun? Ich mag es so, wie es ist. Was also wollen Sie dagegen tun?«

IMPULS

»Du bist ein kluger Junge, August«, sagte die Psychologin. Die neue Ärztin war jung. Und diesmal hübsch. Wahrscheinlich Koreanerin. Sie hatte ihre Brille auf der Nasenspitze und lächelte ihn oft an. »Die Schwierigkeit in diesem Fall ist dein Unwille gegenüber Fortschritten in der Therapie. Nach dem, was ich von meinen Kollegen gehört habe, kommst du bis kurz vor den Durchbruch, aber dann hörst du auf, dich zu öffnen, und versteckst dich stattdessen hinter flapsigen Bemerkungen, bis sie gezwungen sind, die Sitzung abzubrechen. Ich glaube nicht, dass es bei dir an fehlendem Verständnis liegt. Vielmehr denke ich, der Grund für dein Handeln ist, in der Nähe von Mr Rossi zu bleiben.«

August zuckte mit den Schultern, doch innerlich war er beeindruckt. Er war nun schon acht Monate hier und sie war die Erste, die es bemerkt hatte.

Die Psychologin schrieb etwas auf ihren Notizblock. »Im Gegensatz zu anderen Kollegen, die deinen Fall behandelt haben, glaube ich, dass weniger Trennung von Mr Rossi eine positive Wirkung haben würde, nachdem die Trennung nicht den gewünschten Effekt gebracht hat. Im Moment scheint sie deine Co-Abhängigkeit eher zu verstärken. Aber sie ist nun mal Teil des Urteilsspruchs, weshalb ich nicht viel dagegen tun kann. Ich kann jedoch Regelungen treffen, dass die Wahrscheinlichkeit für dich, ihn zu sehen, wächst.« Sie hörte auf zu schreiben und sah ihn fest an. »Dafür brauche ich aber deine Kooperation. Es ist wichtig, dass du mir vertraust, und es ist wichtig, dass du dich nicht mehr so aufführst. Wir brauchen Diskretion, denn ich werde Dinge tun, mit denen ich viel riskiere, um nicht zu sagen, die deinen Fall verschärfen könnten. Du hast noch acht Monate vor dir und eine Bewährungsanhörung in vier Wochen. Ist mein Angebot in Ordnung für dich, August? Denn einen anderen Weg, deine Therapie zu beschleunigen, sehe ich nicht.«

»Ja.« Er überlegte keine Sekunde, was er antworten sollte. Es war die Sache wert.

Die Psychologin riss ein Stück Papier von ihrem Notizblock. »Hier ist meine Handynummer.«

Er faltete den Zettel so lange, bis er ganz klein war, und steckte ihn dann in den Hosenbund.

Morton Rehabilitation
Therapy Center

Psychologischer Behandlungsplan

Fall-Nr.: __53/20__ Tag der Sitzung: __20.10.03__
Patientenname: __August Bateman__ Uhrzeit: __14.30__
Anwesende: _____

Einzelsitzung [x] Gruppensitzung [ ] Familiensitzung [ ] Nicht erschienen [ ]

Entwicklung des Patienten: __Erstsitzungs-Einschätzung - fortgeschrittene Trennungs-__
__angst, leichte Depression, evt. PTBS__

Im Lauf der Sitzung angesprochene Ziele: __Herausfinden, wieso frühere Sitzungen erfolglos.__
__Durchbruch mit Patient erreichen__

Therapie-Fortschritte und Behandlungseingriffe: __Patient äußert zunehmende Angst wegen__
__abnehmender Bindung zwischen ihm und seinem Komplizen, Mitpatient Jack__
__Rossi. Empfindet jede Einmischung als persönlichen Angriff auf den emotionalen__
__Schutzraum, den er für sich und Mr Rossi geschaffen hat.__

Fokus für nächste Therapiesitzung: __Vertrauen gewinnen__

Medikamentierung: __Antidepressiva__

Name des Arztes: __Kimberly Cho__ Datum: __20.10.13__
Unterschrift: __K. Cho__

AVE MARIA

Während der Essenszeit zog ihn die Psychologin beiseite. »Er hat mir etwas für dich gegeben. Ich hab es gelesen und es ergibt für mich keinen Sinn.«

»Schon gut. Geben Sie's mir.« August riss ihr das Blatt aus der Hand und faltete es auseinander. Als er Jacks spirrelige Schrift sah, schlug sein Herz plötzlich doppelt so schnell.

Die Morgensonne stieg rosa- und goldfarben über der Wiese auf.
*   Oh, glorreicher Ives, wie seine Rüstung im Licht glänzte.*
Wie die Federn auf dem Helm sein Gesicht umrankten. Das ist es,
*   was immer gefehlt hat.*
Und als der Held dastand, die Stiefel fest auf dem Boden, und den
*   Himmel anheulte, wusste ich, dass er nie mir gehört hatte. Nie.*
Er war ein Ding der Erde. Er gehörte zu den Bächen und den
*   Wüsten und der Dunkelheit. Zu dem Lärm des Donners und*
*   dem Wispern des Meers, wenn es ans Ufer spülte. Zu dem*
*   Regen, der fiel, als die Sonne noch strahlte, zu dem Schmutz,*
*   den ich noch zwischen den Fingern hielt.*
Ich stand an seiner Seite.
Nichts als der König eines Schlammreichs. Aber ich warf dennoch
*   den Kopf zurück und fiel ein in seinen Schrei.*
Sie schicken Botschaften auf den Schwingen eines Vogels,
doch Gesichter sind meine Währung,
und bis ich restlos entlohnt bin,
brauchen sie mir auch gar nichts zu schicken.
23.11.02.45

August wurde rot. Es war obszön.

»Was bedeutet das?«

»Er ... vermisst mich einfach. Danke, dass Sie's mir gebracht haben. Ich ... weiß das sehr zu schätzen.«

Die Psychologin nickte, schaute jedoch, als würde sie ihm nicht recht glauben. August lächelte, um sie zu beruhigen, und schob den Zettel in den Hosenbund für später.

»Du solltest öfter lächeln«, rief sie ihm über die Schulter zu, während sie den Flur entlangging. »Steht dir gut.«

CHLORPROMAZIN

Er sah ihn nicht mal. Als Erstes spürte er ihn. Er spürte das Gewicht seines Blicks im Nacken. August drehte sich um und da war er – er ging zwischen zwei Aufsehern. Dünner und zerbrechlicher, als August ihn je gesehen hatte. Die Wangenknochen traten weiß und fahl hervor. Doch die Augen. Seine Augen brannten.

Er hörte die Aufseher nach den Sicherheitsleuten rufen, bevor seine Finger Jacks Anstaltskleidung auch nur berührt hatten. »Jack! Jack!« Er drückte sein Gesicht an Jacks Hals und versuchte, sich krampfhaft daran zu erinnern, wie Jack sich angefühlt hatte, wie er gerochen hatte.

»Mein Held.«

August schluchzte.

»August, du musst loslassen. Du musst es von dir aus tun«, murmelte Jack gegen die sanft geschwungene Linie von Augusts Ohr. Sofort löste sich August taumelnd von Jack, als wenn er aus Säure bestünde. Die Wärter kamen den Flur entlanggepoltert wie ein Gewitter am Horizont.

»Alles okay mit dir?«, fragte August mit schwacher Stimme. Er wollte ihn immer noch um alles in der Welt berühren. Er wollte Jacks krallenartige Finger im Genick spüren. Er wollte, dass der Griff schmerzte, damit er ihn später noch spüren konnte. Er wollte es so sehr, dass er kaum Luft bekam. Er streckte wieder die Hände aus.

Die Wärter warfen ihn zu Boden.

VORFALL-DOKUMENTATION

ANGABEN ZUR PERSON, DIE DEN VORFALL GEMELDET HAT

Name: Janet Woolworth   Funktion: Stationsschwester

Abteilung: Jugendpsychiatrie   Telefon: Durchwahl -5378

Verwicklung in Vorfall: Hat Vorfall beobachtet und Eingriff geleitet

Unterschrift: _____   Datum: 28.10.03

ANGABEN ZUM VORFALL

Datum des Vorfalls: 28.10.03   Uhrzeit des Vorfalls: 10.07 Uhr

Art des Vorfalls: Physischer Ausbruch   Ort des Vorfalls: Schwesternzimmer

Beteiligte Patienten: August Bateman; Jack Rossi

Beteiligtes Personal: Schwester January Lee, Krankenpfleger Stan Reeves

Aufsicht zur Zeit des Vorfalls: Schwester Janet Woolworth

Beschreibung des Vorfalls: Hochsicherheits-Patient August Bateman kam im Gang vor dem Schwesternzimmer in Kontakt mit Hochsicherheits-Patient Jack Rossi. Er ging Mr Rossi grob an und musste vom Wachdienst zurückgehalten werden. Sobald die zwei getrennt waren und Mr Rossi aus dem Zimmer entfernt wurde, war Mr Bateman wieder fügsam. Es gab auf beiden Seiten keine Verletzungen. Doch der unerlaubte Kontakt zwischen den beiden Patienten ist ein unmittelbarer Verstoß gegen die vom Gericht erlassenen Auflagen. Es wurden behutsame Strafmaßnahmen eingeleitet.

NUR BEI NOTWENDIGEM POLIZEIEINSATZ AUSFÜLLEN

Polizeirevier (Name, Nummer): _____

Aufnehmender Beamter: _____

Anschrift des Polizeireviers: _____ Telefonnummer: _____

HALBIERT UND GEFESSELT

»Hat dir dein Geschenk gefallen?«

August zog die Nase kraus. »Wovon sprechen Sie?«

»Von Jack. Auf dem Gang. Ich hatte für dich arrangiert, ihn zu treffen, dass er aus seinem Zimmer kam, wenn die Tabletten ausgegeben wurden, und zwar ungefähr in dem Moment, als sie deinen Namen aufriefen. Ihr zwei müsstet euch begegnet sein, wenn ich es korrekt geplant habe. Ich entschuldige mich für alle daraus resultierenden Strafen.«

»Nein ... nein ... das war gut ... Sie waren das?«

»Ja«, antwortete die Psychologin ruhig. »Was hast du gefühlt, als du ihn sahst?«

August schwieg. Dann, nachdem er sich entschieden hatte, dass sie seine Ehrlichkeit mehr als verdiente, antwortete er: »In erster Linie eine verzweifelte Sehnsucht. Panik. Und danach Erleichterung und Sorge.«

»Wonach hast du dich verzweifelt gesehnt?«, fragte sie, während sie eilig seine Reaktion notierte.

August wurde rot. »Nach vielem. Ich habe mich verzweifelt danach gesehnt, mit ihm allein zu sein, damit die Aufseher und die andern Patienten uns nicht mehr anstarren. Ich habe mich verzweifelt danach gesehnt, mit ihm zu sprechen. Ich habe mich gefühlt, als wenn ich ... unter seine Haut kriechen und ihn gleichzeitig so dicht an mich ziehen wollte, dass wir eins würden.« Er lachte verlegen. »Widerlich, was?«

»Nicht widerlich«, antwortete sie freundlich. »Darf ich dich noch etwas anderes fragen?« Er wartete ab. »Hast du das Gleiche vor deinem Aufenthalt hier auch schon gespürt?«

»Nein ... nicht so. So war das noch nie.«

TREUE

August hatte das Gedicht, das er von Jack bekommen hatte, genau studiert. Er hatte es gut versteckt und ganz klein zusammengefaltet. Zuerst hatte er es ständig bei sich tragen wollen wie einen Talisman, aber das schien ihm viel zu riskant. Deshalb verbarg er es lieber in dem Spalt zwischen Spritzguss und Wand.

23.11.02.45

Es war ein Datum und eine Uhrzeit. Es war so geschrieben, dass man es auf den ersten Blick nicht als solches erkennen konnte. Das Einzige, was ihm den Hinweis gab, war die 45. Das Ganze sah zunächst aus wie eine seltsame Zahlenfolge in Zweiergruppen. Aber dann begriff er, was da stand.

Das gab ihm Hoffnung. Jack sprach in Codes zu ihm. Das bedeutete Aufwand, also war sein Verstand noch nicht ganz zerstört.

Heute war der 23. November und in einer Viertelstunde war es 2.45 Uhr.

August stieg aus dem Bett und zog an der Schnur, die er verwendete, um das Schloss der Tür zu manipulieren. Es sprang mit einem leisen Klick auf. Er öffnete die Tür und trat auf den Gang.

SIEBENSCHLÄFER

Jack schob die Tür ein Stück auf und gab August Zeichen, hereinzukommen. August sah sich um. Dann schob er sich schnell in Jacks Zimmer. Gemeinsam schlossen sie die Tür so leise wie möglich, lehnten sich dann dagegen und starrten sich an. Allein.

Jacks Augen waren sehr grau, als er ihn ansah, und August schrumpfte unter dem Blick des Jungen zusammen. »Du wirkst müde«, sagte Jack.

»Du wirkst halb tot«, antwortete August.

Jacks Lachen klang hohl. Er fuhr sich mit einer knöchernen Hand durch die Haare und schaute verstimmt. August hatte Jack noch nie mit längeren Haaren gesehen. Sie waren immer so kurz gewesen, dass man kaum wusste, welche Farbe sie eigentlich hatten. Jetzt waren sie blond und stumpf, als ob er seit Jahren kein Wasser getrunken hätte.

»Ich weiß im Moment nicht, was ich sagen soll«, gab August zu. Jedes Molekül in seinem Körper war voller Hunger und Verlangen. Doch er konnte sich nicht einfach nehmen, was er begehrte. So funktionierte das nicht. Er brauchte die Erlaubnis.

»Wow. Du zitterst ja. Und ich kann dich immer noch als dich selbst erkennen! Das hatte ich nicht erwartet. Alles andere ist einfach ...«

Jack wedelte mit der Hand, um die Verrücktheit zu demonstrieren, und August verfolgte die Bewegung mit den Augen.

Es wurde wieder still. August nahm seinen ganzen Mut zusammen und streckte die Hand aus. Dann verharrte er.

Jack lächelte und es schnitt August ins Herz.

BREI

August stöhnte auf, als Jack fest an seinen Haaren zog. »Wir haben nicht viel Zeit. Sie werden dich bald finden«, sagte er.

August hörte kaum zu.

Er drängte sich heran, um Jack näher zu sein, zog ihm das Shirt hinten hoch, um mit dem Daumen über die Kreuzschraffur auf Jacks Rippen zu fahren. Das Korbgeflecht, das er unwissentlich in Jacks Haut geritzt hatte.

»Ich vermisse deinen verdammten Geruch«, gab Jack mit schwerer Stimme zu. August drängte sich an ihn und brummte seine Zustimmung in Jacks Brust.

»Mann, du bist total verrückt.«

»Ist mir egal. Du bist für mich das Wertvollste auf der Welt. Sie wollen dich das vergessen lassen. Lass nicht zu, dass sie das schaffen«, seufzte August.

Es tat weh, das zu sagen. Als wenn jemand die Kehle hinabgefasst, ihm die Organe durch den Mund herausgezogen und sie in Jacks Schoß gelegt hätte.

»August.« Mit diesem einen Wort erkannte der Wicker King sein Empfinden und trug es mit Stolz.

»Ich höre sie nach mir suchen«, flüsterte August.

»Wir hatten nicht genug Zeit. Das hier reicht nicht.«

»Wird es das je?«

»Sie kommen den Flur entlang. Sie sind gleich hier.«

Jack zog ihn so fest, so dicht an sich heran, dass Augusts Knochen protestierten. Doch sein Herz? Das sang sehnsüchtig bei dem Gefühl.

Dann wichen sie voneinander zurück, lösten sich aus der Verstrickung von Verpflichtungen und Empfindungen. Der Wicker King und sein Held setzten sich nebeneinander auf Jacks Bett, aber ohne sich zu berühren. Und warteten darauf, dass die Wärter die Tür öffneten.

Morton Rehabilitation Therapy Center

VORFALL-DOKUMENTATION

ANGABEN ZUR PERSON, DIE DEN VORFALL GEMELDET HAT

Name: _Susan Mohlmann_ Funktion: _Oberschwester_

Abteilung: _Jugendpsychiatrie_ Telefon: _Durchwahl -5147_

Verwicklung in Vorfall: _Wurde nach dem Vorfall informiert_

Unterschrift: _____ Datum: _23.11.03_

ANGABEN ZUM VORFALL

Datum des Vorfalls: _23.11.03_ Uhrzeit des Vorfalls: _2.05 Uhr_

Art des Vorfalls: _Widerstand gegen Auflagen_ Ort des Vorfalls: _Patientenzimmer_

Beteiligte Patienten: _August Bateman; Jack Rossi_

Beteiligtes Personal: _Schwester January Lee, Krankenpfleger Stan Reeves_

Aufsicht zur Zeit des Vorfalls: _Schwester Susan Mohlmann_

Beschreibung des Vorfalls: _Hochsicherheits-Patient August Bateman wurde nach Beginn der Nachtruhe im Zimmer von Hochsicherheits-Patient Jack Rossi gefunden. Es gab keine Hinweise auf eine physische Auseinandersetzung. Dies ist das zweite Mal, dass Mr Bateman die vom Gericht erlassenen Auflagen missachtet hat._

Aufgrund der Unfähigkeit von Mr Bateman, seinen Auflagen Folge zu leisten, wurde beschlossen, ihn für mindestens 3 Wochen in sein Zimmer einzuschließen.

NUR BEI NOTWENDIGEM POLIZEIEINSATZ AUSFÜLLEN

Polizeirevier (Name, Nummer): _____

Aufnehmender Beamter: _____

Anschrift des Polizeireviers: _____ Telefonnummer: _____

FRAKTAL

August durfte drei Wochen sein Zimmer nicht verlassen. Am ersten Tag nach dem Ende seiner Isolierung hatte er einen Termin mit seiner Psychologin.

»Wieso warst du bei Jack im Zimmer?«, fragte sie.

»Weil er mich eingeladen hat. Er hat buchstäblich die Tür geöffnet und mich gebeten reinzukommen.« Augusts Stimme krächzte vom Nichtgebrauch.

»Du weißt so gut wie ich, dass das keine Rolle spielt. Du solltest mehr Verant ...«

»WIESO?«, schrie August, stieß sich vom Tisch ab und stand auf. »Wieso muss immer ich es sein, der Verantwortung trägt?«

Die Psychologin zog eine Augenbraue hoch und sah ihn an. »Nun, hauptsächlich deshalb, weil du keine schwere Geisteskrankheit hast. Du bist ein bisschen zwanghaft, co-abhängig und besitzt ein äußerst schlechtes Urteilsvermögen. Aber ungeachtet dessen, was bei Gericht gelaufen ist, bist du im strafrechtlichen Sinne nicht krank. Jack dagegen? Jack ist wirklich krank. Statt dich von ihm steuern zu lassen – wieso stehst du nicht auf und lenkst ihn?«

August setzte sich wieder hin. Er stützte den Kopf in die Hände. »Ich will nicht«, sagte er leise.

»Wie bitte? Ich hab dich nicht verstanden?«

»Ich will nicht«, wiederholte August ein wenig lauter. »Ich mag es, ihm zu folgen. Befehlen zu gehorchen. Zu tun, was immer er will. Das ist ein gutes Gefühl. Ein verdammt gutes Gefühl.«

»Was meinst du, wieso ist das so?«

»Ich ... ich weiß einfach, was ich mit mir anfangen soll, wenn er sagt, was ich tun soll. Er ist mein König. Wenn Sie ihn vor mir wegsperren, mich vor ihm wegsperren – dann tut uns das weh. Es tut mir weh.« August weinte jetzt. Er konnte nicht mehr aufhören zu weinen.

»Du musst dich beruhigen.«

»Nein! Ich hab die Schnauze voll, ruhig zu sein. Das erklär ich seit Monaten. Aber niemand hört mir je richtig zu, Scheiße verdammt! Es gab in meinem Leben nie eine Zeit, in der er nicht da war, um mich zu steuern, zu führen. Deshalb hab ich die Spielzeugfabrik abgefackelt. Deshalb hab ich zugelassen, dass er mich praktisch ertränkt. Weil es das wert war. So scheiß einfach ist das. Wieso kriegt das niemand von euch in seinen verdammten Schädel: Er ist die einzige Konstante in meinem Leben. Mein Fixpunkt.«

30 000 WEGSTUNDEN

»... fanden sie heraus, dass er einen Tumor hat.«

»Moment mal, wie bitte?« Er konnte durch das Dröhnen in seinen Ohren nicht richtig hören.

»Jack hat einen Tumor, der auf einen Teil des Gehirns drückt«, sagte die Psychologin langsam. »Noch sechs Wochen und der Schaden wäre irreparabel gewesen. Die Halluzinationen selber waren nicht die Krankheit. Sie waren lediglich ein Symptom, und als der Tumor wuchs, veränderte sich das Symptom mit – deshalb die zunehmende Verdunklung seiner Visionen von angenehmen Bildern zu bedrohlichen und Angst einflößenden Wahnvorstellungen. Sein Zustand nennt sich pedunkuläre Halluzinose. So ein Leiden ist selten, aber zum Glück heilbar. Nächste Woche wird der Tumor operiert.«

August starrte zu Boden. Er ballte die Hände zu Fäusten.

»Du hast das nicht wissen können.«

Er lachte freudlos über die Aussage. »Ich habe immer versucht, ihm gegenüber das Beste zu tun ...«, flüsterte August

Die Psychologin wirkte müde. »Du hättest wirklich nichts tun können ...«

»Hören Sie auf, mich nicht für voll zu nehmen«, fauchte August und sah zu ihr hoch. »Ich hätte ihn ins Krankenhaus bringen können, ich hätte seine Mom anrufen können, ich hätte mit der Schule reden können. Verdammte Scheiße, ich hatte sogar die Möglichkeit gehabt, ihn umsonst zu einer Psychologin zu schicken. Aber nichts davon hab ich gemacht. Ich hab ihn verhätschelt und Zeit vertan.«

»August ...«

»Nein. Wir reden jetzt nicht darüber. Ich kann im Moment nicht darüber reden. Bringen Sie mich zurück in mein Zimmer.«

»Wenn du nur ...«

August stand schweigend auf, schnappte sich seinen Stuhl und schleuderte ihn mit erstaunlicher Wucht gegen die Wand. Das Holz splitterte mit einem lauten Knacken. »BRINGEN SIE MICH ZURÜCK.«

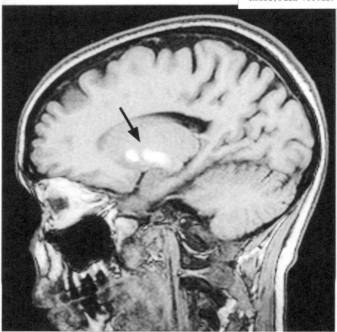
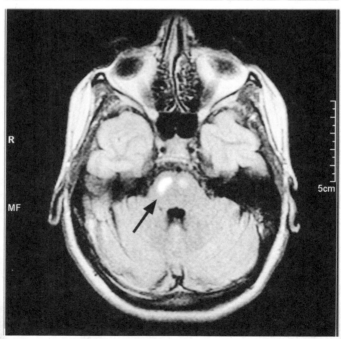

Protokoll Patientenuntersuchung

Name: Rossi, Jack	Aufnahmedatum: 07.02.03	Abt.: Jug.-Psych.
Patient Nr.: 530119	Verlegungsdatum:	Abt.:
Geboren: 18.03.85	Verlegungsdatum:	Abt.:

Patientenuntersuchungen

Begutachtung

Patient wurde wegen Klagen über Visionen und ständige Kopfschmerzen aufgenommen. Die psychologische Untersuchung deutete auf fragmentierten Schlaf, Hypersomnie, Kopfschmerzen und Halluzinationen. Nach vorausgegangener physischer Untersuchung wurden folgende Tests durchgeführt:

- MRT
- Urinanalyse
- Elektrokardiogramm
- vollständiges Blutbild
- vollständiges Stoffwechselprofil
- Röntgenuntersuchung des Brustraums
- Schilddrüsenfunktion und Toxikologie
- Vitamin B12-Level und Thiamine

Eindrücke

Die physische Untersuchung war negativ, ohne zentrale neurologische Defizite. Geistiger Zustand und psychiatrische Analyse zeigten starke Ängste, eine habituelle Dissoziation, vermutlich verbunden mit dem Trauma der verzögerten Meldung der Krankheit. MRT zeigt intrakranielle Pathologie, die auf den linken Hirnstiel drückt, was die Diagnose einer pedunkulären Halluzinose bestätigt. Chirurgischer Eingriff wird dringend empfohlen.

PERSONAL-INFORMATION

Arzt-/Schwesternname: Dr. Sophia Batca, M.D.

Datum der Begutachtung: 10.12.03

VERTRAULICH

ZU HAUSE

August aß so gut wie nichts in der Woche, in der Jack operiert wurde. Er rollte sich auf seiner Pritsche zu einer Kugel aus Schuldgefühlen zusammen. Seine Augen waren trocken und brannten. Er hätte sein letztes Schuljahr beenden sollen. Mit Gordie lachen, zu den Zwischenprüfungen gehen, sich über die Hausaufgaben aufregen sollen.

Er vermisste seine Mom.

Er vermisste vernünftiges Essen wie Lasagne, Lachs und frisches Gemüse.

Er vermisste den Wald und seine Feuer und den durstigen Blick in Jacks Augen, wenn er auf Sauftour war.

Er vermisste Rina, ihren süßen Mund und ihren tollen Verstand.

Er vermisste das Geräusch der Stille.

Alles hier klapperte, piepste, stöhnte, schrie oder weinte und August hatte davon verdammt noch mal die Schnauze voll.

PLÄNE

Sie ließen ihn eine Weile in Ruhe. Solange er aufstand und wenigstens einmal am Tag duschte, sprach ihn niemand an oder forderte ihn auf, irgendetwas zu tun. Er durfte sogar eine Woche lang aus der Therapiegruppe raus, was eine Erleichterung war. Doch es war nicht von Dauer. Die Anhörung zur Überprüfung seines Falls war morgen.

August wusste nicht genau, ob er begeistert war von der Aussicht, hier rauszukommen, ob er Angst hatte vor dem, was ihn draußen erwartete, oder ob es ihm einfach nur widerstrebte, Jack zurückzulassen. Es war ein Punkt, mit dem er nicht klarkam, solange sich Jack noch von der Gehirn-OP erholen musste. Und Scheiße, was, wenn er hier rausmusste, ohne sich verabschieden zu können?

Jeden Tag fragte er die freundliche Schwester, wann Jack zurückkäme, und jeden Tag antwortete sie, dass sie es nicht wisse. Sie war keine von den Oberen, sondern bloß einfache Schwester, man vertraute ihr solche Informationen nicht an.

Das war in Ordnung. Er musste nur hier sein, wenn es passierte. Es war zu grausam, den Ort zu verlassen, solange sein König hier noch gefangen war.

ERSCHWINDELN

Die Anhörung kam. August saß still auf seinem Stuhl und hörte zu, während sie ihn als »zuvorkommend, beschützend und unter großem Stress stehend« beschrieben. Außerdem stand Co-Abhängigkeit offenbar nicht im DSM-IV, weshalb man ihn allein deswegen nicht im Krankenhaus behalten konnte.

Es wurde entschieden, ihn unter der Bedingung zu entlassen, dass er weitere drei Monate zu einem Therapeuten vor Ort ging, aber vorher sollte er aus Gründen der Stabilisierung und gesundheitlichen Wiederherstellung noch einen Monat im Krankenhaus bleiben.

Es gab keine größeren Zerstörungen durch den Brand, bis auf das verlassene Gebäude selbst. Trotzdem wurde er verdonnert, 2 000 Dollar Strafe zu zahlen wegen der Nähe des Brandorts zu dem Naturschutzgebiet und wegen der Zerstörung von öffentlichem Eigentum.

August ging mit dem Versprechen auf seine Station zurück, dass die Einschränkungen für ihn deutlich gelockert und seine Rechte wesentlich erweitert würden. Doch vor allem wollte er einfach nur tagelang schlafen.

SÄNGER

Der Rabe

Der goldene Vogel

Der Adler des Nordens

Der Held mit Funken in seinen Adern

Des Königs Löwenherz

Der Bringer des Blaus

Der Verteidiger des Lichts

Würde das alles nach der Behandlung noch real sein oder würden all seine Titel in sich zusammensinken wie ein Turm aus Sand?

Würde Jack ihn nach Jahren immer noch über den Tisch hinweg anschauen und in ihm den Helden seiner Geschichte sehen? Oder nur einfach einen Mann? Einen Freund?

Nichts so Glorreiches, dass es von den Dächern gerufen oder für ewig als Legende festgehalten werden musste.

Oder reichte »Freund« als Titel? Nach all dem, was geschehen war?

August wusste es nicht. Und es hielt ihn die Nacht über wach.

BINDEN UND LÖSEN
UND
FINDEN UND NEHMEN

Sie brachten Jack nachts zurück, zu einer Zeit, von der sie wussten, dass August schlafen würde. August war der Zutritt zu dem gesamten linken Flügel der Einrichtung, dort, wo die angeschlageheren Patienten behandelt wurden, für drei Tage verboten. Drei Tage, in denen sich Jack erholte und wieder an ein Leben gewöhnte, in dem sein Blick nicht mehr von Halluzinationen verdunkelt wurde.

Die nette Schwester war immer wieder in Augusts Zimmer gekommen und hatte ihm neueste Nachrichten gebracht. Heute kam sie herein und schloss hinter sich die Tür. August richtete sich im Bett auf. »Er hat mich gebeten, dir zu sagen, dass er nach Ende der Behandlung freigesprochen wird. Natürlich wird er eine Strafe zahlen müssen, doch ansonsten dürfte er wohl entlassen werden.«

»Wann?«, fragte August.

»So bald wie möglich. Wahrscheinlich früher, als du hier rauskommst. Ich hab gehört, wie einer der Ärzte auf dem Flur mit dem Klinikchef sprach. Er meinte, Jack würde wohl nur noch ein paar Tage bleiben. Wahrscheinlich haben sie ihn bloß deshalb nicht gleich nach der OP und der Genesungswoche nach Hause geschickt, weil hier auf der Station noch Dinge geregelt werden mussten.«

August stand auf. »Ich muss zu ihm.«

Sie legte ihm eine Hand auf die Schulter. »Du musst hierbleiben. Du bist so dicht davor, hier rauszukommen, August. Du darfst jetzt nichts tun, was deine Entlassung gefährdet. Ist nur noch ein Monat. Lass nicht zu, dass es plötzlich wieder sechs Monate werden. Wir wissen doch beide, dass es das nicht wert ist.«

»Okay, ja ... verstehe.« August legte sich wieder hin wie ein Titan, der endgültig zu Staub zerfällt.

ZIRRUS

Er träumte. Es musste so sein, denn er lief bei hellem Tageslicht durch das Krankenhaus. Niemand hielt ihn auf. Niemand schickte ihn zurück in sein Zimmer. Nirgendwo waren Wärter. Es gab nur die Sonne, die durch die Fenster schien, und das unerträgliche und erdrückende Weiß, das von der Sonne in Gold getaucht wurde.

Er ging einmal quer durch das Krankenhaus zu dem Zimmer, das er nicht betreten durfte, und öffnete die Tür. Dahinter war nichts. August suchte das Zimmer ab. Dann trat er enttäuscht zurück auf den Flur.

»Er ist nicht da. Er war nie da.« Ein Krankenpfleger, den er noch nie gesehen hatte, stand am Ende des Gangs.

»Was meinen Sie damit: Er war nie da? Natürlich war er da! Nur weil niemand im Zimmer ist, heißt das doch nicht, dass nie jemand dort war«, sagte August frustriert. Er drehte sich um und deutete zurück in Richtung des leeren Zimmers, musste aber erkennen, dass es gar nicht leer war.

Jack saß auf dem Bett. An der Art, wie er das eine Bein elegant unter das andere geschlungen hatte, erkannte August, dass es Jack war, doch der ganze Kopf war von einer großen weißen Wolke verdeckt. August taumelte in das Zimmer und fiel auf die Knie. Sobald die Knie die Fliesen berührten, waren sie nicht mehr von grobem Stoff bedeckt, sondern von feinstem Stahl umhüllt.

»Bist du sicher, Löwenherz?« Der Krankenpfleger stand jetzt in der Tür.

»Natürlich«, antwortete August und verneigte sich vor ihm. »Ich habe nie dran gezweifelt.«

296

Als er aufsah, war das Zimmer leer, die Rüstung weg und der Krankenpfleger verschwunden.

Als August aufwachte, weinte er.

OKAY

»Ich habe das Gefühl, als wenn dein Aufenthalt hier nicht sonderlich nützlich für dich gewesen ist«, sagte die Psychologin.

»Wie kommen Sie darauf?«, fragte August. Er biss von dem Apfel ab, den er beim Mittagessen, in der Hand versteckt, hatte mitgehen lassen.

»Wenn ich ganz ehrlich bin, geht es dir jetzt wesentlich schlechter als bei deiner Einweisung. Das Einzige, was wir in Ordnung gebracht haben, ist deine Pyromanie.«

August schnaubte. Er war kein Pyromane. Seit er fast die ganze obere Hautschicht an seinen Handflächen versengt hätte, war ihm jede Neigung in dieser Richtung vergangen. Wenn sie das als ihr Verdienst sahen, bitte.

»Es ist wahrscheinlich, dass Jack aus der Sache mit einem deutlich geringeren Trauma hervorgeht, als es bei dir der Fall sein wird«, bemerkte die Psychologin. »Der Eingriff ist zwar invasiv, aber die Genesung geht bekanntermaßen sehr schnell. Nur ein paar Tage. Wenn die OP erfolgreich war, sollte er danach wieder absolut gesund sein.«

August biss ein zweites Mal ab.

»Wie ist das für dich?«

Er kaute eine Weile, ohne zu antworten.

»Wie heißen Sie eigentlich? Ich hab Sie das irgendwie nie gefragt. Oder versucht, es rauszufinden«, sagte er plötzlich.

»Kimberly Cho.«

»Dr. Cho?«

»Ja?«

»Danke. Ich meine, Sie wissen schon. Danke für alles.«

Psychologischer Behandlungsplan

Fall-Nr.: __53/20__ Tag der Sitzung: __22.12.03__
Patientenname: __August Bateman__ Uhrzeit: __14.30__
Anwesende: _____

Einzelsitzung ☒ Gruppensitzung ☐ Familiensitzung ☐ Nicht erschienen ☐

Entwicklung des Patienten: _____
_____
_____
_____

Im Lauf der Sitzung angesprochene Ziele: __Vorbereitung auf Entlassung__
_____
_____
_____

Therapie-Fortschritte und Behandlungseingriffe: __Patient erklärt, dass er lustlos und müde ist, wirkt aber zufrieden. Er ist mit der Medikation und den Therapie-Bedingungen einverstanden, die für seine Entlassung konditional sind.__

Fokus für nächste Therapiesitzung: _____
_____
_____
_____

Medikamentierung: __Fortführung der bisherigen Verschreibungen__

Name des Arztes: __Kimberly Cho__   Datum: __22.12.03__
Unterschrift: __K.Choo__

LES CINQ DOIGTS

Es war Nacht, als er kam. Der Wärter schaltete das Licht an und untersuchte das Zimmer, bevor er ihn hereinwinkte. August setzte sich in seinem Bett auf und sah, wie der Wärter die Tür hinter sich schloss. Er konnte noch erkennen, wie der Mann durch das kleine Fenster hereinsah. Na gut, das ließ sich nicht ändern. August richtete seine Aufmerksamkeit auf Jack.

Jack stand verlegen im Zimmer. Er trug normale Kleidung, seine Haare waren aufgrund der OP wegrasiert. Er sah mehr oder weniger so aus wie an dem Tag, als sie eingeliefert wurden. Vielleicht etwas dünner und ein bisschen blasser, aber kein bisschen mitgenommen.

»Darf ich?« Jack deutete auf das Bett. August nickte.

Jack näherte sich ihm zögernd und setzte sich auf den Rand. »Ich werde morgen entlassen«, stieß er hervor. »Wollte dich vorher aber noch einmal sehen.«

August räusperte sich. »Das heißt, die OP ... die OP hat funktioniert, ja?«

»Yep.« Jack zupfte ein wenig an der Bettwäsche, ehe er fortfuhr. »Ist komisch, weißt du? Ich würde nicht sagen, dass ich's vermisse, aber irgendwie ist es seltsam. Natürlich ist es gut, dass das Ganze vorbei ist, denke ich. Oder zumindest sagen mir das alle hier.«

»Gilt das für immer?«, fragte August und seine Stimme brach.

»Ja. Ja, für immer.«

August spürte, wie in seiner Kehle ein Kloß hochstieg, und wusste nicht, wieso. Er drehte sich weg und starrte auf das vergitterte Fenster.

300

ALLEGRETTO

»Bist du ... sauer auf mich?«

August schüttelte den Kopf, krallte die Hand aber fester in den Rand seiner Decke. Als er sich wieder umdrehte, war Jack sichtlich angefressen.

»Nein, ich bin nicht sauer auf dich, das könnte ich nie sein ... Aber ich bin wütend. Ich bin wütend, seitdem es anfing ... Ich bin wütend, dass wir mit leeren Händen dastehen. Ich bin wütend, dass wir dich nicht selbst haben heilen können. Ich bin wütend, dass ich immer noch hier bin und du mich zurücklässt ...« August biss sich auf die Zunge bei dem Gedanken und schloss die Augen.

Als er sie wieder aufschlug, zog Jack die Stirn extrem kraus.

August schüttelte den Kopf und zwang sich zu einem Lächeln. »Aber das ist nicht wichtig. Ich bin froh, dass du nicht mehr krank bist. Meinst du, sie holen dich wieder zurück in die Mannschaft?«

»Die Mannschaft interessiert mich nicht, August. Wieso bist du ... August? August, schau mich an. Schau mich an.«

Er konnte nicht. »War schön, dich zu sehen, Jack, aber ich glaube, du solltest jetzt gehen«, sagte er.

»Nein!« Jack rutschte näher heran, doch August reagierte nicht. »Nein, bitte. Tut mir leid, August. Es tut mir leid.«

August starrte bloß auf den Boden.

»Tut mir leid.« Jack weinte jetzt.

Alles in August schrie, er müsse was tun – er tat doch immer etwas, wenn Jack weinte. Doch stattdessen saß er nur da und sagte: »Ich werde immer ein Teil dieser Welt sein, die nicht mal mehr existiert. Ich werde dich immer ansehen und ...« August unterbrach sich. »Anfangs war es nur ein Spiel. Die Sache am Fluss sollte ein Spiel sein. Doch ich kann nicht aufhören. Ich konnte es nie. Ich werde immer an deinen Fersen kleben, für dich kämpfen. Mir wehtun, weil du es von mir verlangst. Es ist alles im Arsch und jetzt bin auch ich im Arsch.«

Jacks Gesicht zog sich schmerzhaft zusammen. Er packte Augusts Schulter und schüttelte ihn.

»Ich hab nie gesagt, dass ich nicht auch so empfinde«, sagte Jack schroff. »Nur weil ich das Königreich nicht mehr sehe, bedeutet das doch nicht, dass es nicht immer noch existiert«, fuhr er wütend fort. »Solange sich einer von uns dran erinnert, ist es noch immer da. Wir entscheiden über das Ende des Spiels, nicht sie. Niemand außer uns. Du bist so dumm, August. Du bist so dumm und ich liebe dich so sehr.«

MODERATO

»Ich liebe dich und wir brauchen die andere Welt nicht, um das zu bewahren.« Er schaute zu dem kleinen Fenster in der Tür, ob der Wärter sie beobachtete, dann beugte er sich kurz vor und sie lehnten die Stirn aneinander.

»Es ist einfach wahr«, sagte er. »Es war immer so. In dieser Welt und in der nächsten. Sie könnten uns alles wegnehmen, bis uns nichts mehr bliebe, und ich würde dich immer noch lieben.«

Jacks Gesicht verschwamm, als würde August es durch ein Meer sehen.

»Singen sie immer noch Hymnen auf meinen Sieg?«, fragte August mit erstickter Stimme.

»Natürlich. Und sie werden sie bis in die fernsten Regionen verbreiten wie die Strahlen eines Leuchtturms. Mit jedem neuen Atemzug in einer Welt ohne Dunkel, die für den Preis deiner Hände und deines Verstandes entstand.«

»Du bist zum Dichter geworden«, flüsterte August.

»Nein.« Jack lachte leise. »Ich erzähle dir nur, was ich in die Mauern geritzt sah, ehe sie mir jene Welt stahlen. Du warst zum Helden erkoren, August. Nicht zum Märtyrer.«

Jack strich das Salz von Augusts Wange.

»Ich habe dich noch nie weinen sehen«, flüsterte er.

Und dann nahm er resolut, mit schrecklicher Sorge, Augusts Wange in seine vor Nervosität zitternden Hände und küsste ihn.

SELIGKEIT

Augusts Herz machte einen Satz.

Er ... hatte nicht gewusst, dass er so etwas bekommen könnte.

Jack küsste ihn so behutsam, dass August glaubte zu zerspringen. Er küsste ihn mit dem ganzen Gewicht des Risikos, das er einging. Dann schaute er wieder August an, als ob sein Herz schon zerbräche.

Er zog das gleiche Gesicht wie auf dem Dach, mitten in der Nacht, als sie sich im Gras gewälzt hatten, wie in dem Moment, als er sich zurücklehnte, mit Augusts Blut und Tinte an seinen Händen, wie damals, als sein Gesicht orangefarben leuchtete von den Flammen, wie in dem Augenblick, als er die Tür zu Rinas Zimmer geöffnet hatte, als er beim Homecoming quer durch die Turnhalle gestarrt hatte oder als er ihn aus dem Fluss gezogen und durch Mund-zu-Mund-Beatmung ins Leben zurückgeholt hatte.

Jack hatte gewartet. Er hatte es versucht. Er hatte Angst. Er hatte Tränen in den Augen und das nahm August den Atem.

Sie wurden beobachtet, aber August war es egal. Er schob seine Finger unter Jacks Shirt und zog ihn näher an sich.

»Wie lange?« Er musste es einfach wissen.

»August, bitte ...«

»Wie lange hast du auf mich gewartet?« Die Worte lösten sich gewaltsam aus seiner Kehle.

Jack schloss die Augen und ließ verzweifelt den Kopf sinken. Dann musste es vor all dem hier gewesen sein. Vielleicht noch früher.

August fuhr mit den Fingerspitzen über die scharfe Kante von Jacks Kinn. Dann berührte er den Rand des Verbands an Jacks Kopf.

»Ich bin hier«, sagte er. »Ich war immer genau hier.«

Der Laut, den Jack von sich gab, war so leise und so verzweifelt einsam. Deshalb schloss August den letzten Zentimeter zwischen ihnen und verschlang den Laut. Er verschlang alle Laute, die Jack von sich gab, so süß und lustvoll, wie sie waren, und probierte den Rest ihrer Leben.

»Wenn wir frei sind und uns von all dem hier erholt haben, wirst du dann bleiben?«, keuchte er. »Bleibst du dann bei mir?«

Der Wärter pochte gegen die Tür. Jack wich von August zurück und zeigte durch das Fenster gut sichtbar seine Hände. Er war immer noch trunken und voller Verlangen, selig und heiß. Ohne nachzudenken, streckte August erneut die Arme nach ihm aus, doch Jack schüttelte den Kopf und erhob sich, als die Tür aufging.

»Ich muss gehen. Aber ich komme zu dir zurück«, versprach er.

»Mr Rossi, die Zeit ist um.«

»Ich komme zu dir zurück. Immer.«

Die Tür schloss sich lautstark hinter ihm und August blieb wieder allein im Dunkeln zurück.

WEISS

Er musste noch drei Wochen auf der Station bleiben. Manche Tage vergingen schnell. Andere dehnten sich zu Jahren. Jede Bewegung wurde von tausend Pfund schwerer Lethargie erdrückt.

Wie soll man atmen, wenn Hände die Lunge zusammenpressen, wie soll man sehen, wenn die Sonne vom Himmel heruntergeholt wurde? Manchmal lief August durch die Flure. Eigentlich musste er ja nicht mehr in seinem Zimmer bleiben, also schaute er sich überall um und versuchte, die ganze Erfahrung in seinem Gedächtnis abzuspeichern. Sie erlaubten ihm inzwischen Papier und er hatte einen Stift aus Dr. Chos Büro mitgehen lassen. Manchmal schrieb er jetzt sogar Dinge auf. Er war noch nicht besonders gut darin, aber irgendwann würde es ihm bestimmt leichter fallen.

Vielleicht würde er den Krankenhausteil weglassen und sich ausschließlich auf das Abenteuer konzentrieren. Wie in einem Kinderbuch. Sich auf das Geheimnis und die Magie fixieren und Feuer, Hunger und Angst auslassen. Diesen Teil konnten sie für sich behalten. Ihn sich im Dunkeln zuflüstern, in fünfzig Jahren bei einem Whiskey und teuren Zigarren.

Es würde nur eine weitere dieser kleinen Nöte sein, die verpackt und dorthin geschickt wurden, wo Geschichte zu Ende geht. Was die Erzählung so unangerührt und schön beließ, wie der Herbstmorgen, an dem sie damals die Spielzeugfabrik entdeckt hatten.

Vernagelt und unversehrt.

POST

Zum Schluss gaben sie ihm seine Briefe. Sie hatten sie ihm die ganze Zeit vorenthalten.

Einer war von Roger, der andere ein wattierter Umschlag von Rina. Rogers Brief öffnete er zuerst:

Lieber August,

Peter meinte, du würdest nichts von uns hören wollen. Wahrscheinlich hat er recht, aber ich wollte nicht, dass du denkst, wir wären sauer auf dich oder hätten dich vergessen. Ich weiß, wir sind oft ein bisschen ... keine Ahnung. Aber Peter ist es nicht egal, auch wenn er manchmal so tut, als ob er für sowas zu klug oder zu stark wär.

Wie auch immer, nachdem ihr weg wart, haben sie die Fabrik endgültig zugenagelt. Peter und ich sind deswegen extra hingefahren. Sie haben ein »Zu verpachten«-Schild aufgestellt und alles. Es war wochenlang das einzige Thema, worüber alle gesprochen haben, nachdem ihr fort wart. Die Kids sind da früher immer rein und haben so getan, als wenn es spuken würde. Ich bin froh, dass die Fabrik jetzt dicht ist. Aber ich weiß nicht, ob dir das gefallen würde.

Allen andern geht's so weit gut. Gordie ist in Yale angenommen worden, was alle überrascht hat. Peter und ich werden aufs Brown College gehen und Alex hat beschlossen, in der Stadt zu bleiben und sich einen Job im Nachbarort zu suchen. Sie hat gesagt, wir sollen dir schreiben, dass sie dir, wenn du zurückkommst, so viele Muffins machen wird, wie du willst.

*Ich weiß nicht, ob sie dir da drinnen erlauben, Briefe zu
schreiben, aber wenn, kannst du dann antworten?
Dein Freund
Roger*

August faltete den Brief wieder zusammen und zog Rinas heraus.

Es war ein Blatt, das sie aus einem Notizbuch gerissen haben musste, mit etwas Lippenstift in einer Ecke und Kaffeespritzern an den Rändern. In den Zettel gestopft lag ein einzelner Teebeutel mit diesem schwarzen gewürzten Tee, den sie immer trank.

Jach war bei mir.

Hab eine neue Wohnung,
wo der Teppich weicher ist
und die Straßenbeleuchtung
nachts in die Fenster scheint.

Komm nach Hause

BITTE LASST MICH HABEN,
WAS ICH WILL.

»Zurückgegeben wird Ihnen ein Rucksack, in dem sich ein Pullover, drei Lappen, ein Feuerzeug, ein Handy, ein Notizbuch, zehn Bleistifte, eine Geldbörse mit zwei Busfahrkarten und 35,03 Dollar befanden. Und hier ist Ihre Straßenkleidung. Sie können sich im Bad auf der Station umziehen, müssen aber im Warteraum bleiben, sobald Sie die Krankenhauskleidung abgelegt haben. Sie können sie am Empfang abgeben.«

August zog die Anstaltshose aus und schob seine Beine wieder in die Jeans, die er bei seiner Ankunft getragen hatte. Der Stoff fühlte sich im Verhältnis rau an und er roch immer noch nach Feuer und Asche. Doch es war wesentlich angenehmer, wieder wie er selbst angezogen zu sein.

»Auf Wiedersehen, August. Viel Glück!«

Er winkte der Schwester höflich zurück. Er kannte sie nicht, doch die guten Wünsche nahm er gern an.

August kramte in seinem Rucksack nach dem Handy und schaltete es an. Eilig tippte er die Nummer von Zuhause ein und wartete, dass seine Mom abnahm. Er nahm an, dass der Anrufbeantworter anspringen würde. August legte auf und rief Jack an, doch es war besetzt.

August unterbrach die Verbindung und setzte sich in einen der Polstersessel im Warteraum. Er zog die Knie bis ans Kinn und verbarg sein Gesicht in den Händen. Vielleicht sollte er einfach nach Hause laufen. Wahrscheinlich würde seine Mom da sein, im Keller sitzen und Gameshows gucken, als wenn er nie weggewesen wäre.

FORTENTUCK

August schnappte nach Luft und schaute zum Licht hoch. Er war fast eingenickt, als er plötzlich von einer Hand am Kopf wachgerüttelt wurde. Sie fuhr ein-, zweimal sanft durch seine Haare, spannte sich dann und riss seinen Schädel brutal nach hinten.

Der Wicker King beugte sich zu ihm hinab und drückte seine Stirn gegen Augusts.

Vor lauter Erleichterung stieß August ein lautes Geräusch aus. Er schoss hoch und umklammerte Jack fest, wie jemand, der sich im Auge des Sturms an einen Bootsmast klammert. Jack lachte vor Überraschung, dann sagte er ein paar Mal leise »Ist ja gut« und erdete ihn mit dem scharfen Schmerz seines Griffs.

»In Schicksal, Leid und Staub«, rezitierte Jack.

»Du bist wirklich zurückgekommen«, flüsterte August, als ob es ihm das Herz brechen würde.

»Ich hätte nichts anderes tun können. Hast du all deine Sachen?«

»Glaub schon.«

»Dann komm. Ich bring dich nach Hause.«

Wieso ist alles
so im Arsch?

MAGST DU MICH?

MÖGEN

(JA)   NEIN

Die Geschichte von August und Jack setzt sich in ihrer Fantasiewelt fort ...

DIE LEGENDE VOM GOLDENEN RABEN

Vor langer Zeit, als die Erde noch jung war, gab es zwei Könige: den König des Waldes und den Wicker King.

Sie waren Brüder und ihre Königreiche lagen nebeneinander, hinter einer Mauer verborgen. Die zwei Könige waren fair und gerecht, schelmisch und sportbegeistert. Sie waren freigebig, tapfer und beliebt bei ihrem Volk. Es war das goldene Zeitalter, in dem die Früchte stets reif von den Bäumen hingen und die Milchtiere fett und zahlreich wurden.

Jedes Jahr zur Mittsommerzeit, wenn die zweite Sonne am höchsten stand, gab es eine große Jagd. Alle geeigneten Männer und Frauen versammelten sich, um für das Mittsommerfest in den Wäldern eine große Bestie zu fangen.

Doch ein großer schwarzer Nebel wallte und wogte außerhalb der Landesmauer. Er war ein wildes, gieriges Etwas aus Zauberei, das in den alten Zeiten, fünfhundert Jahreszeiten zuvor, durch den Helden und den Rat der Hauptstadt vertrieben wurde. Es wurde durch den größten Segen des Landes abgehalten, sie alle zu verschlingen: einen lebendigen Stein – das Glückselige Blau ...

ANMERKUNGEN DER AUTORIN

Als ich eurem Alter ein bisschen näher war, als das jetzt der Fall ist, passierte in meinem Leben etwas Schreckliches.

Wie August und Jack versuchte auch ich, es selbst in Ordnung zu bringen, und musste viele harte Lektionen lernen, die ich mir wirklich lieber erspart hätte. Auch wenn dieses Buch von Anfang bis Ende erfunden ist, sind doch die Situationen, in die die Hauptcharaktere geworfen werden, für manche von uns wahrscheinlich nur allzu real. Ich würde euch – und dem Ich, das ich damals war – einen schlechten Dienst erweisen, wenn ich diese Situationen nicht ansprechen würde.

Jack und August sind beide Opfer von Vernachlässigung. Sie werden von ihren Eltern vernachlässigt und von allen Autoritätspersonen in ihrem Umkreis so lange ignoriert, bis es zu spät ist. Die Art ihrer Verbindung zueinander und das, was sie erleben, sind nur Symptome dieses größeren und drängenderen Problems.

Wie die meisten Teenager brauchen beide, Jack und August, bestimmte Dinge, damit sie sich gut entwickeln können. Sie müssen sich um andere kümmern und jemand muss sich um sie kümmern; sie brauchen eine Struktur und Autorität; sie brauchen bedingungslose Unterstützung; sie brauchen jemanden, der sich um sie sorgt; sie müssen in der Lage sein, sich auf jemanden zu verlassen, und sie müssen sich geborgen fühlen. Weil all dies in ihrem Leben fehlt, versuchen Jack und August, diese Dinge im jeweils andern zu finden. In Ermangelung anderer Optionen, nehmen sie sich diese Dinge, bis sie selbst nichts mehr zu geben haben.

August braucht jemanden, um den er sich kümmern kann, damit er das Gefühl hat, sein Leben unter Kontrolle zu haben; deshalb macht Jack es ihm leicht, für ihn zu sorgen. Als August ausgelaugt ist von zu viel Fürsorge für Jack, übernimmt Jack die Zügel auf die einzige Weise, die August akzeptieren wird. Als Jack bedingungslose Unterstützung braucht, gibt August sie ihm nur allzu bereitwillig. Als Jack das Gefühl von Geborgenheit braucht, schafft August ihm ein Zuhause bei sich – und in seinen Gedanken. So balancieren sie sich gegenseitig aus.

Es gäbe so viele Gelegenheiten für die eigentlichen Autoritätspersonen, dieses Muster zu durchbrechen. Ihre Eltern, die nie da sind. Lehrer, die sie lieber für ihre untypischen Verhaltensweisen rügen, als sich Gedanken zu machen. Der Direktor, der mehr daran interessiert ist, Augusts Einnahmefluss zu unterbrechen, als sich zu fragen, wofür er das Geld eigentlich braucht. Die Schulschwestern und Sozialarbeiter, die die Highschool zweifellos hat, die in dieser Erzählung aber nicht auftauchen, weil sie nie auf das Problem aufmerksam werden. Die Polizei, die die beiden ins Gefängnis steckt anstatt ins Krankenhaus. Augusts Anwältin, so wohlmeinend sie auch ist. Die einzigen Personen, die nicht versagen, sind in dieser Geschichte die jungen Menschen, die das Bestmögliche aus der der gegebenen Situation machen.

Das ist nicht ungewöhnlich. Viele junge Leute – so wie vielleicht auch ihr –, sehen sich gezwungen, etwas zu tragen, von dem sie nie glaubten, dass es so schwer sein würde, wenn niemand da ist, der ihnen hilft. Es muss hier einmal gesagt werden, dass sie so gut wie nie schuld sind an den unzähligen Wegen, die sie nehmen, um diese Last zu tragen. Selbst dann, wenn die Wege destruktiv sind. Sie »versagen« nicht; jemand hat bei ihnen versagt.

Wenn ihr dieses Buch lest und ihr zu viel von eurem eigenen

Leben in der Co-Abhängigkeit und Vernachlässigung erkennt, die Augusts und Jacks Leben beherrschen, bitte seid versichert, es ist nicht eure Schuld.

Wenn ihr mit psychischen Krankheiten zu schaffen habt und keine Kraft mehr habt, bitte seid versichert, es ist nicht eure Schuld.

Wenn ihr allein und überfordert seid, bitte seid versichert, es ist nicht eure Schuld.

Nun gut, August und Jack sind erfunden. Sie schaffen es am Ende einigermaßen. Sie werden lernen, wie man einander mit den Fingerspitzen liebt, statt mit Krallen. Sie werden zusammen ein Zuhause und ein Leben aufbauen und dort gesund werden und wachsen.

Auch ihr verdient es, gesund zu werden und zu wachsen. Ihr verdient es, jemanden zu haben, mit dem ihr über eure Probleme reden könnt; ihr verdient bedingungslose Unterstützung; ihr verdient Fürsorge und Geborgenheit und alles, alles, um zu gedeihen. Nur weil ihr diese Dinge nicht habt, heißt das nicht, dass ihr sie nicht verdient. Wenn euch jemand sagt, ihr verdient es nicht, dann lügt er.

Gebt weiter euer Bestes.

Bittet um Hilfe, wenn ihr sie braucht.

Versucht, stark zu sein, aber es ist okay, wenn ihr es nicht seid.

Wenn ihr die Last, die ihr tragt, fallen lasst, ist das okay. Ihr könnt euch aus den Teilen wieder neu aufbauen.

Wenn eure Gedanken euch nicht mehr gehorchen, ist das nicht eure Schuld. Es gibt Millionen wie uns; ihr seid nicht allein.

Und noch ein Letztes, wer immer ihr seid:

Ich bin stolz auf euch.

Herzlich,

Kayla

DANKSAGUNG

Ich möchte gern dem dreizehnjährigen Ryan M. danken, dass er das Self-Insert der dreizehnjährigen Kayla gelesen hat, statt im Unterricht aufzupassen – die Mary-Sue-Trash-Novellas. Ohne dich hätte ich wahrscheinlich nie die Kraft gehabt, etwas Besseres als dieses Zeug zu schreiben.

Ein Dank auch an Amy, Professor Bauer-Gatsos und Professor Simpson. Danke dem Imprint Team. Und danke, Mom und Dad, dass ihr mich mein eigenes Ich habt sein lassen. Das ist etwas Großartiges und zugleich Schreckliches. Und ich hoffe, ich bin es wert.